普|隐|文|库

重现经典智慧

彰显传统价值

升华文明对话

涵养生命阅读

普|隐|文|库

普隐人文　　　　　　佛学通识

普隐译丛　　　　　　经典阐释

普隐心语 | 圣凯 著

学术支持：清华大学道德与宗教研究院

普德文库

禅心无语

圣凯 著

商务印书馆
The Commercial Press

图书在版编目（CIP）数据

禅心无语 / 圣凯著 . —北京：商务印书馆，2021
（普隐文库）
ISBN 978-7-100-20230-5

Ⅰ . ①禅… Ⅱ . ①圣… Ⅲ . ①散文集—中国—当代
Ⅳ . ① I267

中国版本图书馆 CIP 数据核字（2021）第 151662 号

普隐文库
禅心无语
圣 凯 著

商 务 印 书 馆 出 版
（北京王府井大街 36 号　邮政编码 100710）
商 务 印 书 馆 发 行
南京新世纪联盟印务有限公司印刷
ISBN　978-7-100-20230-5

2021 年 12 月第 1 版　　　开本 880×1240 1/32
2021 年 12 月第 1 次印刷　　印张 8½
定价：59.00 元

总　序

　　《周易》云："观乎天文，以察时变；观乎人文，以化成天下。"人立于天地之间，既要体验自身的生老病死、上下沉浮、心念生灭，更要审视、谛观自身变化与天地流转、世事更替、人际往来等的关系。先哲体验种种变化，反思变化规律，提出因应之道，并教化和帮助他人，致力于实现更为善良、有序、可持续的世界，故有文明的开显。因此，人类文明皆是变化之道、观察之道和教化之道。

　　变化之道作为普遍性规律，隐藏于变化的万象与纷纭的人事之后，体现出超越变化的不变性。天地变化，无非是时间的绵延与断裂；人际往来，无非是关系的独立与相依。绵延与独立为一，断裂与相依为二，所以佛陀提倡"不二"；"不二"即是面对、接纳和谛观一而二、二而一的世界和人生，成就变异多元、和谐相成的变化之道。提倡"普隐"，是希望有缘阅读者明了变化之道。

观察之道是主体依不变性而审视、谛观宇宙人生,从而将普遍性规律纳入主体之心。公元前五六世纪的"轴心时代",先哲纷纷将"天地之心"纳入己之心性境界与生命经验,将自身的观察之道演化为教化之道,诠释宇宙人生的现象,揭示规律和发明定理。东方、西方思想体系之不同,就在于观察之道与教化之道的不同。提倡"普隐",是希望有缘阅读者学习先哲的境界与经验,融摄时代思潮与日常生活,具备降伏烦恼、安顿生命的功夫与境界。

现时代的每个人,皆是几千年变化之道、观察之道和教化之道的继承者,理应追索自身承载的历史底蕴,呈现由之而绵延至今的文化传统,并将当前体贴出来的心灵经验融入其中。换言之,今人既承负着薪火相传、代代守护的文化使命,亦应与时俱进、推陈出新,创造出跨时空、越国界和体现时代价值的当代文化。

"普隐心语"呈现的是自身的经验与境界,以观察之道契入变化之道,融情感体验、生活反思、知识积累、理性思辨、智慧体悟为一体。"佛学通识"旨在将专业、系统的佛学研究转化为清晰、简洁的佛学知识,让社会大众通过现代汉语有缘进入佛学文化传统,呈现当代"教化之道",让佛学文化成为当代中国社会文化的重要组成部分。"经典阐释"旨在将古圣贤的原创性智慧转化为时代性理论,将古代汉语解释爬梳为流畅、优美的现代汉语,让现代读者能够实现机教相应的阅读，可视为借古代的"教化之道"契入"变化之道"。东西、古今的"教化之道"都各有偏重与不同，所以需要交流互鉴，编辑"普隐人文""普隐译丛"系列，以实现各美其美。

于百年未有之变局中，当代中国正经历着广泛而深刻的社会变革，东西相遇，古今融汇，为新的观察之道、教化之道的出现提供了广阔空间。愿不负历史所托，立足东西、古今之变，为变化之道、观察之道和教化之道的传承、创造性转化、创新性发展而发新声，是为祈，以为序。

圣凯

2021 年 7 月于清华园

目　录

闲云野鹤

万法归一

闲

云

野

鹤

图：福建太姥山

平兴寺的遐思

　　站在对岸的山间小路上，回望着这座令我魂牵梦萦的寺院——平兴寺，我不禁泪如泉涌，犹如流浪多年的游子见到故乡那一刹那，心中充满着感动。

　　两座小山如两只手将它轻轻地环抱住，它就如婴儿一般，在母亲的怀抱中静静地仰躺着。一条涓涓小溪轻轻地为它哼着催眠曲，缓缓地流向远方。远处群山层叠，隐约可见；青竹翠林，给这座小寺带来清净离尘的胜境。它很小，其中只有一座大雄宝殿依山而立，围着大殿的两旁及前面建有僧房三幢。大殿巍峨雄伟，透出古老佛法的庄严与凝重；僧房是现代民房建筑，外面涂着黄色的油漆，映现出佛法的活泼与适应时代的特征。佛法就是这样，古老而又适应时代，庄严而又不缺活泼，凝重而又不失生命力。这一切都在这座小寺院中完美地呈现出来。

晨雾缭绕，群山还在黎明的梦乡中静静地卧着时，山寺的钟声已悠悠地传出，响彻群山幽谷，惊起林间飞鸟。它们呼啦啦地拍着翅膀掠过山寺的上空，飞向远方。于是，一切都动起来了！许多房间的小窗都露出晕黄的灯光，给黎明的山谷带来几分神秘。紧接着，那如海潮汹涌的诵咒声、抑扬顿挫的梵音颂呗和断断续续传出的木鱼声，穿过晨雾的幕幔，英英相杂，绵绵成韵。万物未动之时，僧人的祈祷声已先响起：愿国泰民安，世界和平；佛日增辉，法轮常转！

沿着那条山间小路走去，身后的平兴寺被群林遮挡得只剩下隐隐约约的几点颜色。而眼前出现一大片茶园。那绿油油的茶树被僧人们修剪得整整齐齐，仿佛一排排绿色的士兵在接受检阅。平兴寺还有几亩水稻田。最多的是地瓜园，听老和尚说，最多时可年产六千公斤的干地瓜丝。因为平兴寺在"文化大革命"时是僧人接受改造的农场，所以老和尚们便在周围植树种竹，开垦土地。古老的"一日不作，一日不食"的遗风在这里很好地得到发扬。

早饭后，你可以看到许多僧人纷纷拿起扫把，各自扫着寺院的每一个角落，愿寺院清净离尘，更愿扫除心中的尘埃。这时，你如果走到山岗上，眺望着苍茫的大海，就能看见一轮朝阳正在冉冉地升起，山下小镇炊烟袅袅，晨雾如白纱缠绕在山间，久久不散。在晨雾中，隐隐约约传来机器的发动声，很难想象，人世间的烦嚣是在如此静谧的清晨动起来的。盘山公路上努力往上爬的车辆，令人感到人世间的悲哀：

辛辛苦苦为了谁？烦烦恼恼又是为了谁呢？在悲哀中，恍惚有脱尘离世之感。

夕阳西下，当太阳将那余晖遍洒大地时，你可以发现寺院里突然人多起来了。那黄色的小公路及灰白色的石路上，有许多僧人在散步。有的两三人一群轻轻地细语，谈论着佛法，交换各自的修学体会；有的则手持佛珠独自漫步，那悠然自得的神态，令人感到离俗的气质；最令人感到可爱的，是那几个年轻的小和尚，他们在与那只看守寺院的狗玩耍，惹得那狗"汪汪"直叫。山林中传来小鸟归家的呼唤，凉风阵阵掠过。这一切犹如世外桃源，与世无争。

深山小寺的夜，那是真正的夜。僧人晚课后，那如风、如雨、如雷的鼓声震落白昼那一点光亮，夜幕便悄悄地降临。有月的晚上，月明风清；无月的晚上，沉寂寥旷。无论是有月还是无月，小寺永远显得那么静谧。一切白昼的尘嚣都沉静了，心中只剩下一片空灵，这是用功修学的最佳时间。从淡淡的灯光中可以看到，有人在伏案疾读，有人在礼佛拜忏；有人则索性关掉电灯，燃起心中的光明，孤身静坐。夜空下的山寺，充满着宁静与安详。

平兴寺虽然带点子孙寺院的色彩，但实为十方寺院。这里云集着全国十几个省市的僧青年，他们在一位中年法师的指导下，专研戒律，弘扬南山律宗，在修持上则以净土为归。佛法传至今日，戒纲衰颓，佛教的自身建设有待进一步提高。当佛教大德们大声疾呼振兴佛教时，这位中年法师早已悄悄行动。他从佛教的最根本处——戒律入手，创造一种学戒、持戒的条件，让一代僧青年有安心立命之处。佛法的感应是不可思议的。首先，只有三五个人住下来，之后渐渐地增多，至今则有二三十人。他们学习佛陀制定的金科玉律，了解原始佛教的生活，并将所学付于生活实践之中。他们用钵吃饭，半月诵戒，结夏安居，过午不食。最难得的是他们能持金银戒，这对这个金钱至上的时代无疑是一个提醒。他们穿着佛陀时代那样的黄色袒肩袈裟，如黄色的吉祥云，在寺院内外飘荡。

当人们对佛教感到失望时，是否能从这座小寺里看到一点希望；当佛教界提出加强自身建设时，是否能从那些僧青年的身上找到入手处；当人们只埋怨佛教的衰败而不愿多做一点时，是否应该学学那位中年法师，悄悄地为佛教做点事情？无论是在家佛教徒，还是出家佛教徒，对于佛教的兴亡，每一位佛教徒都有责任。

平兴寺，这座曾经孕育我法身慧命的寺院，正在向世人宣示佛法的庄严与生命力。

山居随感

人生，如一片落叶随水波到处漂荡。几天前仍身在繁华喧闹的北京，没有想到现在我却静静地坐在山坡上，眺望远处苍茫的大海，看林海松涛，听鸟语呢喃，饱餐自然风光，充满悠闲而又自然的感觉。

住在红尘不到的深山中，住在红墙绿瓦的小寺中，完全忘记自己曾经身处那车水马龙的街头，只见翠绿绵亘，白云回绕。人世的尘垢不染，名利不沾。与那些身披红色袈裟的比丘们一起诵戒、读书，在松树下探讨佛法、谈论人生，爽朗的笑声回荡在深谷林海中。当我们感叹末法的衰败时，倒不如像那些比丘们一样，奋起树立正法的幢幡，将这个无常的身心交给佛教，交给深山中的寺院，那么末法的时代也会有正法的存在。站在讲台上，面对那几十道热切的目光，面对窗外的青山绿水，心中有种感动。生命在感动中升华，佛法在微笑中连绵不断，佛法的使命感在心中涌现。

下课后，一个人踯躅于古木纷披的山径，那是一种什么样的感觉呢？静从四面八方袭来，紧紧裹住这个消瘦的身体。轻轻地提起脚，生怕自己的脚步声会破坏这份宁静。也许，你会觉得这是一份抛绝人世的孤寂；也许，你会觉得这是一份与宇宙自然同在的灵感。静，更会使自己照见那久违的本来面目。而此刻，就在此刻，一记迸裂了寂静的钟声，悠悠地凌峰越谷而来。钟在何处？寺在何处？

你一定会想，在这样的深山寺院中出家，一定充满诗意与浪漫。"一钵千家饭，孤僧万里游"，那是何等潇洒、自在。可是，出家人的生活自有严肃与困难的一面。在这样红尘不到的深山，要求能够耐得住孤独与寂寞。面对青灯、古佛、黄卷，你能保持一颗宁静的心。你必须把过去所有的我执与情缘一一清算，把曾经深深迷恋的事物一一放下。你能了断尘缘飘然而来，在山间、在林下、在水边，在黑夜、在黎明，你能时时刻刻淘洗磨练这多情多欲多求多垢的身心。万缘放下，一念单提，又是何等难事！心理上的困难才是真正的困难。

无人的孤独与无声的寂寞，有时是最难耐的。但是，假如你不把"人"从万物中独立出来，让自己与自然万物融为一体，那么，乱石间流响的泉水、山坡上苍翠的松林，都会让我们超越这片孤独与寂寞。在晚霞满天时，面对那即将下山的夕阳，你会在这片光辉中照见真我。涤清了心中的妄念，你将发现，净土不在大千世界之外，而就在方寸之间。

在一间小屋里，我发现这样的几句诗：

心安茅屋稳，性定菜根香。
自性静方见，人情淡始长。

短短的一首诗，写在一个不引人注意的角落里，却道出了人生的真谛。我们在辛苦奔波追求时，是否有时应放慢我们的脚步，停下来看看天，看看自己，然后仰天一笑，快意平生，让原本自由的我们，从来处来，向去处去。

如果你愿意归隐山林，那么是到重山之外的深山，还是到城郊野外的浅山呢？其实，这并不重要，重要的是必须认清出世、入世并非以形体的去向为区分。既要出世，就得断绝所有的尘缘，不再受任何世俗功名、人情的羁绊，而让心灵得到真正的自由，完全像那山水一样清朗明快。然后切记，既然归隐山林，便是毕生无改的心志。千万不要学武陵人，只做世外桃源的过客而已。

山寺的梦

我不敢告诉师父，当我躺在繁华都市的小屋的床上时，我失眠了。耳边总是传来无数的声音，远处的车流声如潮水向我涌来，将我无情地裹住了。其实，我是因为待在山上太安静了，结果睡眠太多而下山的。我害怕自己的生命会因为睡觉而浪费，意志力会因为安静的享受而减弱。

待在山上的日子，那是一种天仙般的生活。在每个有点雨雾的清晨，我踏着平坦的公路，向山里的大弯处走去。清晨淡阳照耀下的薄雾，神秘而朦胧。我让我的心，走进深深的幽林；我用我的双眼，凝视神秘的大山。一切都是沉默的，一切都是无语的心声。

山里真的很安静，除了几声鸟鸣，还可以感觉到隐隐的香气飘洒着花开的声音。沿着公路一直走到大弯处，便见一个清澈的小湖倒映着蓝蓝的天、白白的云。这个人工湖是我们寺院前不久修的，主要用来储备生活用水。湖上蒙着一层若有若无飘渺静止的水汽。白云若有所思地游走，就像我毫无目的地散步。静静地坐在湖边，湖面上不停变幻的倒影，令人感慨万千。只有不变的湖水，才有千变万化的倒影。微风拂过湖面，留下无数的禅机。

有一天早上，我看见一位法师在湖边坐禅，那情景让我永远难忘。高若悬崖的堤坝、潺潺的流水、静静的湖面、苍茫的大山、如雕像般的禅姿，组成一幅天地间最美的风景。世间沧桑，沉沉浮浮，只有大地始终在倾听草叶上露水坠落的泪声，只有一颗禅心才能悟入青山绿水的本来面目。

在寺院那一边的大山上可以看见大海。海上日出的壮观，永远属于大山的孩子。山岗上有一片无垠的茶树田，绿油油的茶叶将人们带进农禅并重的山寺生活。沿着山界路，耳边只有小鸟的呢喃、小虫的啾唧。红尘的一切喧嚣都被那云、那雾、那山、那水隔断，只剩下静静的山、静静的水。

当夜幕悄然来临，所有人都去上课了，我一个人待在走廊，静静地望着天上的月亮。很久没有看过这种满天繁星的夜空，无数的神话在脑海中浮现，思绪在山谷飘荡，飘荡得很远，很远。凉意从四周袭来，不远的地方传来师父讲课的声音，佛种在辛勤的耕耘下而成长，正法的慧命得以永住。

一切都在平静无声地进行着。我觉得自己就像一颗随风飘落的种子，无论在什么样的土地里，我都要好好地生长。因为那个美丽的梦，因为那个无数劫的誓愿。

听雨僧庐下

在北京，雨总是显得那么稀罕，似乎一年中就下那么可怜的几回。可是，没有想到，下雨时竟也会如此之缠绵悱恻。

我站在悯忠台的屋檐下，看着那蒙蒙的细雨，听着那冷冷的细雨。淅淅沥沥，犹如蚕咬桑叶般，细细琐琐屑屑。雨洒落在大殿的屋顶上，犹如一幅轻纱轻轻地铺在那乌黑的瓦片上，遮住了那历史的伤痕——遍地尸骨的高丽战场，徽宗、钦宗那亡国的羞辱，谢枋得为国呐喊的吼声，都消失在如烟如梦的雨中。唯剩下那雨在轻轻地弹，轻轻地唱，犹如慈母抚拍着婴儿，哼着催眠歌，静静地使一切进入历史的梦乡。雨应是最富有灵感的，总是那么催人心动，尤其对于生在南国的我而言，对雨总有一种特殊的感情、特别的感受。

南方的雨季总是十分长久。雨是那么缠绵，挥之不去，有时令人厌烦。可是刚在福建出家的我，对雨竟如独步沙漠

的浪子渴望一碗清水般殷切。因为那时寺院正在建设，刚从
学校毕业而且身体瘦弱的我，根本不堪那搬砖挑沙的苦劳。
无论是理智还是感情上，我最喜欢的都是下雨天。只有在雨
天，我才能拥有一份闲情：燃上一炷幽幽兰香，泡上一杯沁
人心脾的香茗，拿上一本佛经，静静地坐在窗边的桌子前，
静心地翻阅着佛经。读着佛经上的妙语，遨游于佛法的大海
中，犹如置身于当年释尊的灵山讲经法会上，聆听着他那远
古的法音。

窗外的世界是那么令人心醉。雾轻轻地笼罩着大地，不
时有一两缕轻雾冒进窗口，想伸手捉住，却又倏忽不见。不
远处的小山在乳白色的雾中显示出苍翠的身姿，绿树、绿竹
陶醉在雨雾的柔情爱抚中，犹如婴儿在妈妈的怀中甜甜地睡
去。听那雨，淅淅沥沥，豆大的雨滴从屋檐流下，滴到地上。
那最后的声音若比喻为"大珠小珠落玉盘"，则嫌有点烦躁；
若喻为拨动的琴弦，则似有点不够浑厚；故只能意会，令人
感到语言的局限。没过多久，又是一滴，而且充满音韵。那
声音总是那样震撼人心。内心中感到有一种力量的冲击、一种
自然的冲动、一种人性的撞击，仿佛是禅宗祖师的当头棒喝，
又如释尊娓娓的说法。窗前不远处有一条小溪，总是十分热
闹，溪水哗哗地从小山上流下来，奏出一首欢快的歌。

听那雨，时而淅淅沥沥，时而哗哗啦啦，铮铮有声。视
觉上那种如烟如梦的朦胧的图画，以及佛经上远古的奥理，
都融入雨声，化成一首歌。它没有音谱，因为没有人能说出

来，连我自己也说不清。它也不是听觉上的感受，因为它不能让人听懂其中的韵律。唯有让它静静地在内心中流淌，淌过记忆的沙漠，回到生命的绿洲。我的心被那首歌围罩，仿佛置身于云雾中，虚无飘渺；又如做了一场蝴蝶梦——何处是我？我又是谁呢？唯有那雨，淅淅沥沥；那雾，轻轻围绕。那雨，一首无音的歌。

从此以后，对雨，尤其对蒙蒙细雨，我有一种更深的感受，欲说却又吐不出，那是一种对生命的灵感，对自然的震撼。来北京后，干燥少雨的北方使我更想念那雨季，想念曾经聆听过的那首歌，总是希望它能再现……

雨仍下着，丁香树上笼罩着一层水雾，如古代舞女歌舞时舞动的轻纱。听那雨，仍是淅淅沥沥，轻轻地击打着丁香叶，击打着绿瓦，奏出一曲动听的音乐。音韵中充满柔情，其中也带有几分迷离、几分凄凉。我只是静静享受着这无人指挥的庞大乐队的演奏，心中一片宁静。突然感到鼻端上有一种冰凉感，原来是一滴水珠。不知是雨水，还是泪水？是久别相逢的热泪，还是离别后的伤感？不，是对生命的思念。可是，这庞大的乐队也许只是自我陶醉吧！竟不理解我这唯一听众的心，仍奏着那首动听的音乐。不，也许是我的固执。走过的，便是永远，生命中曾经拥有过的一切，只能成为记忆；那曾经有过的感受，也许永远也不会再现，因为生命永远属于当下。

雨仍下着，听那雨，仍是淅淅沥沥。我听雨在僧庐下。

红红的丁香叶

　　漫步在蒙蒙的细雨中，秋雨如一首伤心的乐曲萦回在耳畔。乐曲中充满对夏天的回忆、对冬天的无奈，几分伤感，几分缠绵，令人惆怅。

　　红红的丁香叶，在迷蒙的空中如飞舞的彩蝶一样飘动，蝶衣飞舞。再听那冷冷的雨，有种"疏雨滴梧桐"的美感，雨敲打着丁香叶，那细细密密的节奏，点点滴滴，似幻似真。您是否能感到它有点像《霓裳羽衣曲》呢？只是有点凄凉。红红的丁香叶，像一片亮丽的羽毛，悠悠地落在小径上、草丛中，竟是那么自在，那么无著。那种黄中透红的颜色，充满丰满的意蕴，似有一种灵气升上来，让人感到有种无边的梦幻。

　　倾听每一片落叶，您仍然能感觉到春天的绚烂和夏天的繁荣，也能感觉到春天的张狂和夏天的任性。但是，一切的绚烂已经走向平淡，一切的张狂、任性已经走向安闲。捡起一片丁香叶，将它收藏起来，堆积于内心。也许那色泽终将随着时光的流逝而渐渐褪去，但心中红红的丁香叶却会伴着您走过冷漠的冬天，走过一生。

雨气迷蒙而空幻。倚在丁香树下，看着这如诗如画的北国秋景，仿佛有点陶醉了。无意中，一片丁香叶落在头上，将它轻轻地放在手中，发现竟有一滴水珠在上面滚动。水珠仿佛也变红了，那是否是宋钦宗（赵桓）亡国痛哭时的血泪呢？也许是谢枋得为国尽忠的热泪吧![注一]抚摸着那片落叶，一种历史的沧桑感从中传来。那纷纷的落叶，仿佛在倾诉着沉重的历史。轻轻地吻着那片落叶，缕缕清香沁人心脾，一刹那顷，胸中也荡起了那份沉重的沧桑感。

红红的丁香叶静静地躺在草丛中，那么自然，那么清新，唯有大地的怀抱才是永恒。真的，不必为它伤感。它吸收了丁香盛开时的绚烂，也吸收了夏日里那郁郁葱葱丁香叶的热情，容纳了风雨中的苦恼与挣扎，走向稳健与成熟。生命也是这样，一切情绪的激荡终会过去，一切彩色的喧哗终会消隐。诞生与死亡本是一如，有位诗人说："如果你爱生命，你该不怕去体尝。"是的，到了这一天，您将携带着生命的果实，无论是苦涩的还是甘甜的。您将随着飘零的丁香叶，沉埋在秋的泥土中。您将不用遗憾，平静是人生的最终结局。想到这里，您是否有点超脱之感？但愿如此。

曾几度，落叶被赋予了多少伤感，成熟即意味着凋落，大自然未免太残忍、太不公平了吧！凝视着那静静的丁香叶，有种顿然开悟的豁然感。大自然本来就是如此无著、有序地运转着，也许只是我这位凡夫僧自作多情吧！如果成熟的丁香叶不凋落，哪有冬天的皑皑白雪，哪有来年盛开的鲜花与苍翠的绿叶呢？恍惚之间，我仿佛明白了许多。平时，总是以一种凡夫的心态，来揣摩佛经上的道理，"佛菩萨觉悟了，为什么要度众生呢？"哦！原来如此。觉悟了，成熟了，所以懂得奉献自己拥有的一切，愿意牺牲自己，所以佛菩萨自然地流露出无缘的悲心，愿将智慧与福德奉献给众生，"好将一点红炉雪，散作人间照夜灯"，不是最好的写照吗？

红红的丁香叶，仍在雨中无声无息地凋落着。您明白吗？那是一种心态，一种无著、自在的心态；那是一道禅关，万古长空，一朝风月，唯有开悟的禅师才能真正懂得；那是亘古而常新的法音，唯有独觉的观照智慧才能有所悟。今天，您与我，面对那红红的丁香叶，是否想到了自己，想到了生命？

恍惚中，丁香叶一片一片地渐渐都落光了，只剩下我这高瘦孤独的身影与潇潇秋雨。不一会儿，我也消失在蒙蒙的细雨中，仿佛自己也化成了一片落叶，一片红红的丁香叶……

〔注一〕法源寺在历史上是一座名刹，宋钦宗（赵桓）被虏北来，曾被拘留在寺里；元至元二十六年（1289），宋遗臣谢枋得被拘而绝食寺内。

凋落的美丽

洁白的花瓣随风静静地离开树枝，然后再悠悠地躺在地上。

花的盛放是美丽的，但凋落也有一种难言之美。夕阳西下，伫立在海棠树下，看到花瓣纷纷落下，有些则落在我的头上、衣服上。它们无声地辞枝而去，以一种优雅的姿势飘散，安静地回归大地。那颤抖离枝的花瓣，给我一种它们是一瓣瓣耳朵的错觉，仿佛在倾听远处土地的呼唤，闻听它熟悉的田园气息。那簌簌飘下的花瓣，如鹅毛大雪般轻柔与静谧。我不愿拍掉身上的落花，让它们安静地在身上作短暂的停留吧！

每一朵花都是安静地来到这个世界，又沉默地离开。若是我们倾听，那么，在安静中仿佛有深思，而在沉默里也有美丽的雄辩。

花是如此柔弱，再美丽再鲜艳，依然经不起朝来暮雨晚来风。想起《红楼梦》的《葬花吟》中说："一年三百六十日，风刀霜剑严相逼。明媚鲜妍能几时，一朝漂泊难寻觅。"春红匆匆又谢了，只剩下满怀愁绪。花却又是美丽的战士，风雨中尽管渐渐绿肥红瘦，终究不曾低头。

生命也是一样，像精致的玻璃杯，常常经不起天灾人祸的撞击，粉碎成一地的璀璨，每一片都是透明的心。生命又常常像昙花，用许多年的泪与汗，掺上心血浇灌，才会有笑看天下的一刻。

如今的世界，人们只能用照相机摄下那现代文明人在花下的矫揉造作，只能用鼻子在花上深深地一嗅，又如恍然大悟似的说："好香啊！"然后，便匆匆而过。那高跟鞋踏地的声音直令花颜泪下，又有谁会去倾听花的诉说呢？《红楼梦》的林黛玉虽然有点自哀自怜，但是她那颗灵敏的心，正是现代人所缺少的。"天尽头，何处有香丘？……试看春残花渐落，便是红颜老死时。一朝春尽红颜老，花落人亡两不知！"

花的美丽是无常的，世间一切又何尝不是无常的呢？"镜花水月"是最虚幻与短暂的。花如一切，一切如花。我们可以从花的无常中激发智慧，使自己有最深刻的觉醒，激发自己去追求真实与永恒的智慧。

我想起佛陀在灵山会上拈花，而迦叶破颜微笑。这一笑，是否整个世界便在其中呢？答案，是肯定的。

法源寺的花

又是一年中丁香盛开、百花齐放的季节。法源寺的丁香，驰名遐迩，算来岂止百年。在寺中钟鼓楼、念佛台一带，种白丁香百余株；斋堂旁院、方丈前院，种紫丁香数株。多年以来，别的花时有盛衰，只有丁香一直繁荣，所以一直被世人所赞颂。这里的丁香，正称"华北紫丁香"，属于木樨科。紫丁香原为紫色，白色的乃是变种。盛开的时候，密集成圆锥状，香气浓郁，飘扬数里。所以春时花开，前来观赏的人特别多。清代常有诗人相约聚在这里，举行"丁香大会"。1924 年 4 月 16 日，印度大诗人泰戈尔由我国新诗诗人徐志摩陪同观赏丁香，继承了这个传统韵事。咏丁香诗极多，杨懿年有句："红蕊珠攒晓露团，朱霞白雪簇雕鞍。"程颂万有句："葱茏浅色天，空外已无禅。立尽香多处，深知寺有年。"这些诗句都是为人所传诵的。

　　然而，最令我喜欢的是那些小油菜花。整片都是绿油油的，上面再开着五颜六色的小花，如一幅镶嵌着彩云的绿地毯。黄昏夕阳西下，漫步在花丛中，阵阵的幽香弥漫在寺院的周围，整片花丛清新悦目。

　　我看海棠，许多时候是在含苞欲放时。那种含羞带笑的感觉，不会令人惊其艳美。你可以大胆、仔细地慢慢地欣赏，不用担心花谢。盛开的花，一则惊艳耀眼，二则令人担心早日凋谢。描绘法源寺海棠的诗有很多，可惜无从一一征引，现在稍引两首加以证明，如洪亮吉（稚存）诗："海棠双树忽绝奇，花背深红面复白。岂惟花色殊红白，月午露晓光尤澈。"蒋士诠（心余）诗："脂凝雨逐天花聚，灯转珠随采树明。净域能延诸品寿，妙香应解众生醒。"

　　然而，最令我感动的是白玉兰，其于百花未开之际，带来春之生命。花瓣冰清洁白，微风拂过，整株树的花朵在风中摇曳着，仿佛一群古代的印度舞女在翩翩起舞。空气中传来幽幽的香味，轻轻的，淡淡的。白玉兰的花期很短，几天的美丽相对于三百六十五日，也许是微不足道的，但只要开过，便不必可惜，因其已经奉献出自己的那一点美丽。当群花争艳时，它则早已悄然身退，这也许是中国人的最高人生哲学吧！

走进敦煌

　　真是没有想到，我竟会跟敦煌沾上一点儿边；没有想到，我会到敦煌去。只能说，这是缘分。

　　进佛学院已经有五年了。以前去书店时，对书架上有关敦煌方面的书，总是敬而远之，认为那是一种世界性的大学问，学问浅薄的我怎敢涉足。所以对敦煌，只知敦煌莫高窟是中国三大石窟之一，仅此而已。今年初，在一位留学东瀛的法师的建议与指导下，我开始慢慢注意敦煌，便与从来陌生的敦煌沾上了一点儿边。于是，我开始阅读一些有关敦煌的书。敦煌独特的历史文化艺术深深地吸引了我，我由此有一种强烈的愿望：到敦煌去看看。刚好，九八届毕业生准备到敦煌去毕业考察，我趁机向院领导说明了我的愿望。慈悲的老法师欣然同意，于是我便参加了"中国佛学院九八届毕业生'丝绸之路'考察朝拜团"，到了敦煌。

　　当我们在 5 月 10 日到达敦煌时，敦煌正是暮春。市区、郊外，排排垂柳亭亭玉立，嫩绿的树枝仿佛是一幅幅浓墨随意泼洒出来的山水画。不远处的鸣沙山在夕阳下金光闪闪，碧天的黄沙在明媚的春景点缀下显得明快壮美，充满无穷的诱惑力。也许在南方，春天已经过去了，但敦煌仍然春意盎然，使人游心如春。敦煌是一座刚刚兴起的现代化城市，来这里旅游的人很多。宾馆、饭店林立，人们可以在一个不起眼的角落发现敦煌的飞天壁画。临物静思，那早已跃动的思绪便飞起来，不由穿越遥远的时空隧道，进入隋唐时期敦煌辉煌的历史。操着各种语言、各种肤色的人们在大街上到处可见，犹如古时的敦煌——它一直是一座小小的国际都市。

　　漫步在敦煌的夜市街头，灯火煌煌，夜市上人来人往，丝绸古道上的敦煌古乐回荡在夜市的上空。这一切仿佛是一首和谐的诗，如梦似真，令人陶醉。星光灿烂，风儿轻柔，丝竹声缠绵，大漠的夜晚竟是如此迷人。走着走着，心中无形中忽然增添了几分超然与洒脱。

　　敦煌以光辉灿烂的文化艺术吸引着五湖四海的朋友。聪明、勤劳的古代敦煌人曾经创造了神圣的艺术宝库，现代的敦煌人则用自己的智慧把艺术从殿堂里请出来，向世界各地的游人宣传自己祖先的文化。敦煌除了宾馆、饭店多以外，就是各种书画工艺品店居多，如莫高斋、石室书轩、鸣沙书画社、敦煌画院等，一个个古朴典雅的名字及丰富独特的艺术文化吸引着人们，使人不由得停下来，步入一个个迷人的艺术天堂。敦煌壁画艺术图案走上了书画、刺绣、地毯、蜡染、拓片，菩萨、飞天、骆驼化作了精美的雕塑与工艺品。徜徉其中，心旷神怡，如果能买下几件作为旅游纪念品，那也是一件十分有意义的事情。古代的先辈们为后人留下这样丰富的厚礼，不知现代的敦煌人又能为后代留下什么？这样想着，心中竟增添了几分沧桑与迷茫。

当我们这些剃发染衣的出家人来到时，我原以为曾是"善国神乡"的敦煌的居民对我们应该是非常熟悉的吧！没想到，现代的敦煌人还是显得有点疏离，大街上频频有人投来关注与好奇的目光，令我有种失望的感觉。为什么人们在瞻礼莫高窟中的塑像与壁画时，不能对佛教产生一种亲切感？为什么佛教对他们而言仍是如此陌生呢？这当然与佛教徒自身的宣传有关。

但是，让我们把思路渐渐地拉回到遥远的过去。敦煌是佛教东传中原的通道与门户，在敦煌佛教兴盛时期，"村坞相属，多见寺塔"。它是北部中国佛教的中心之一。这里聚集了一大批高僧大德，讲经说法成为风尚，酒泉等地的佛门弟子也多来此研习佛法。比如有世居敦煌、名气显赫、号称"敦煌菩萨"的译经大师竺法护；有师事法护、"立寺延学、忘身为道"，最后死于敦煌的高僧竺法乘；还有前往天竺求法的敦煌人宋云等。法显、鸠摩罗什、玄奘等高僧，无论是东进还是西进，都在敦煌留下他们的足迹。在这片文化教育的沃土上，终于产生了闻名世界的敦煌莫高窟艺术。

　　思古叹今，今天的敦煌只在郊区建了一座雷音寺，寺中住了几位出家人，默默无闻地为复兴敦煌佛教而努力。我不知道人们在追寻庄严的艺术与悠远的历史文化的同时，是否还在追寻心灵深处的超脱，接受来自敦煌的洗礼与熏陶。那是什么呢？那就是宗教。我不知道那些络绎不绝的游人在欣赏完那惊心动魄的艺术时，是否会有种失落感。如果有，那就是因为缺少了宗教的超脱，缺少了来自佛教智慧的启迪。在敦煌佛教协会的座谈会上，对着政府部门的官员、佛教界的四众弟子，我动情地说："如果想将敦煌的魅力永远地保持下去，重兴现代的敦煌佛教是重要的前提之一；古代虔诚恭敬的供养人创造了伟大的莫高窟，我希望所有敦煌人与关心敦煌的人们都能成为现代的供养人，使敦煌佛教这颗璀璨的明珠能大放光芒。"我只希望人们来到敦煌时，不但能得到艺术美的感受，同时也能得到来自宗教的清净与解脱，从而在一生的潜意识中蕴藏，成为真、善、美的源泉。当他们离开敦煌时，因风沙而流过太多眼泪的双眼虽有点迷蒙，但是，他们的双眼是晶亮透彻的。从此，他们再也不会困惑，因为已经经过敦煌的艺术与宗教的净化。

　　当我走进敦煌时，敦煌丰富的历史文化艺术感召着我，同时也用它那特有的神圣仪式净化着我，这仪式是如此宏大，如此广袤，没有半点造作。我是一位人间的凡夫僧，我无法超越现实，无法超越生命，因为现实与生命我早已拥有。许多年来，我一直有一个梦想：一个人跋涉沙漠，漂泊独行，欣赏"大漠孤烟直，长河落日圆"的沙漠特景，体会古德为法而独步千里流沙的决心与毅力。在敦煌的一个深夜，当我仰望皎洁的明月时，我忽然明白：不必再为当初那种冲动而执著不放，而应该为现实的佛教做点什么，真心地去做一个现代佛教的供养人。

敦煌，历史文化的绿洲

当我们打开世界地图时，首先看到的是最大的一片陆地，这就是世界著名的亚欧大陆。这片大陆地形复杂，或高原峻岭，飞鸟难越；或荒原大漠，人迹罕至。但是就在它的腹地——中亚的东部，在蒙古高原与青藏高原之间，奇迹般地存在一条长达一千多公里的狭长走廊地带，这就是地处甘肃的河西走廊。这里水草肥美，绿洲相间，舒展平坦，是古代丝绸之路的重要通道。走廊西端的敦煌更以襟带西域、屏蔽河右的战略要冲而闻名。她是古代丝绸之路上的名城重镇，是中西交通的门户和枢纽，是镶嵌在丝路上的一颗璀璨明珠。

敦煌，现今地域面积虽仅有三万一千二百平方千米，但她对中国乃至对世界都曾有过特殊的历史贡献。当我们漫步在敦煌的街头，几乎看不出来这座城市的历史文化有如此的重要地位，她跟其他的旅游城市一样，充满现代化的味道；

但是，当我们走进敦煌博物馆——馆内展出新石器时代到明清时期的各类出土文物七百余件——就会发现这座城市的独特性。在汉长城展厅，我看到当年修筑长城用的芦苇，想起在那个烽火年代，砂石压夹江边的芦苇却能保护国家的安全。在敦煌历史文物展厅，那莫高窟藏经洞（第 17 号洞窟）出土的古代写经——《妙法莲华经》《大般涅槃经》，以及唐地理写本等展品，字迹清晰，书体劲健有力。它们不仅是我国古代书法艺术的珍品，也是研究我国汉族与少数民族文化的珍贵资料。还有新石器时期的陶器、石器，汉代的丝绸、铜犁、铜镜、铜釜、陶鼎，朱书、墨书，魏晋南北朝纪念陶罐，北凉北魏石塔，以及唐代的天马与兔形图案、莲花纹、火焰纹、卷草纹花砖……这一件件文物，将一朝朝一代代的历史集中、连贯地展现。

世界上曾经有过几大文明，但都中断不传，留给后人的只有那些保存下来的遗迹，让人瞻仰。唯有敦煌，是人类历史上少见的没有中断的文明的窗口。看莫高窟，不是看死了一千年的标本，而是看活了一千年的生命。鸣沙山东麓南北一千六百米的崖壁上，从北魏到元朝，每个朝代都有自己的洞窟、壁画、彩塑。我们处处看到一种强烈的对比：流沙戈壁与大漠绿洲，古老历史的沧桑感与不断追求变化的生命力。历尽沧桑而日新又新，这就是敦煌的历史文明所昭示出来的中国人的情怀。

中国古代敦煌地区的历史演变发展，同中华民族相一致，既有普遍性，又有自己的特殊性。中原王朝稳定发展时，敦煌也随之蓬勃向前；在中原王朝衰落崩溃、内地战乱分裂时，敦煌则成为较为安定的"福地"，成为中原各地人民和文生儒士逃避战祸，保存和进一步发展民族文化的较稳定的地区。随着张骞"凿空"之行，汉朝反击匈奴，保证了丝绸之路的畅通。敦煌成为中西交通的"咽喉锁钥"，出现了"使者相望于道"的壮观景象。所以，敦煌的历史、文化与艺术，既是中华民族历史、文化与艺术的辉煌在我国西北地区的延续和发展，又是中西历史、文化与艺术相互撞击、相互吸收而结合的结果。

在中古敦煌，外来文化与本土文化形成了种种奇妙的汇聚与融合。如第 249 窟窟顶西魏壁画中，屈原的楚骚传统与印度佛教故事、道教文化与佛教文化、南朝文化与北朝文化汇聚一堂。敦煌的寺院藏书，除佛藏外，还有道教、景教、摩尼教、儒家等的各种典籍，以及在与印度、波斯交流中发展的医学、数学、天文、历法等科技文献乃至各类记录世俗风情的文字。这都反映出中古敦煌人的博大胸襟和兼收并蓄的优容气度。当我们徜徉在莫高窟的壁画前，那些壁画为我们再现了华夏文明的盛衰历史，构成了一部传承有序、跨越千年、绵延不断的古代历史画卷。亚欧历史、中国历史、中西交通交流的历史、河西与敦煌的历史，在敦煌莫高窟留下了十分清晰和深刻的烙印。

佛教传入中国已有二千年，二千年的岁月，相对于几十寒暑的人生，已经算很长了，而无数人的几十寒暑连成了二千年。人虽然为万物之灵，人虽然有时会喊"人定胜天"，可是，当你走到沙漠，走到敦煌，走到阳关，你就会明白西出阳关的悲凉与凄惨。于是，人们将自己的身心奉献给伟大的佛陀，把自己心灵深处的虔诚表达出来，那就是开窟造像。从此，在莫高窟上又多了一座智慧的丰碑，在荒凉的大漠中又多了一位虔诚的供养人。正是无数这样的供养人把二千年的岁月连接了起来。

在敦煌，我看到了被喻为"沙漠之舟"的骆驼，那白毛飘飘的驼背上曾经载负了多少经典。驼铃依旧叮当，仍是那么清脆，那么悦耳。古老印度的梵音正是随着叮当的驼铃声而传入中国，沙漠和戈壁在驼铃与莫高窟上的风铃声里诉说往事。而往事如烟。历史不再重复，重复的是人间烟火与欲望。我们回忆历史，不能再沉醉在昔日的辉煌中，而应该用我们辉煌的过去激励我们的未来。如今，骆驼只在沙漠中供游人体会当年的情形。我不知道，在瘦瘠的戈壁上，在险峻的山道上，在酷热的漠野里，在狼犬怕冻的风雪里，它们是否如当年一样纵横？我没有看到身负重载的驼队。即使看到了，我也不知道它们是否可如当年一样负重前行。

敦煌，是中国历史，特别是中国古代历史发展中最重要的军事战略要地之一，是中华民族发展史上最重要的民族融合、民族交往发展地之一，是中国古代历史发展过程中最重要的中西交通交流枢纽之一，是中国古代及当时世界文化最重要的交流汇合扩散地之一，是中国乃至世界最著名的佛教艺术中心之一。

敦煌，不是一个神话，而是真实的历史，是历史文明的绿洲。历史是在矛盾中前进的，文明的每一个进步，同时也是退步。在敦煌的历史中，充满了进步与保守、宽容与排拒、俗文化的骤然兴起和雅文化对它的漠视、战火的吞蚀和生命在沙漠中的奋进等种种矛盾，从而构成了一部如此真实、悲欣交集的历史图景。当我们站在这幅图景前，深深地体会着中华民族心灵所走过的每一步历程，会不由地激励自己应该自强不息。

莫高窟

一

敦煌之所以伟大、迷人、博大精深，都是因为孕育出了莫高窟这样的世界文化艺术宝库。敦煌有了莫高窟，天地才变得空前宽广，才变得如此空灵，如此神秘而安详。

我对"天下名山僧占多"这种说法总有一点儿意见，因为当初祖师们开山建寺时，选的都是一些偏僻清净的地方，只不过随着寺院的建成，山也就因此变得有名罢了。莫高窟也是一样，当年的修行者为了能有一个清净优雅的环境栖身安心，最终在敦煌的鸣沙山下、宕泉河旁建窟修行。水是万物的源泉。祖师们之所以看重莫高窟这块地方，是因为有了宕泉河。只有有了水，才可以在林下水边长养圣胎，所以，有了宕泉河才有了莫高窟，西千佛洞、榆林窟无不如此。当我们到达敦煌时，当年潺潺流水的宕泉河只剩下一股细流，从石窟南方曲曲折折地流经整个莫高窟，潜入沙碛之中。这股泉水，使崖上和崖下形成了截然不同的景色：崖上是一片黄沙，荒凉满目；崖下则是绿树成荫，清泉萦回。错综在灰色崖壁上的石窟群，彩画纷披，错落有致，掩映在绿树丛中。

莫高窟的对面，是三危山。传说，舜流四凶，"迁三苗于三危"，怎么莫高窟一开始就如此古老又神秘？莫高窟始建于公元 4 世纪的十六国时代，最早记载这一历史事实的文献，目前所看到的是唐武周圣历元年（698）的《李君莫高窟修佛龛碑》，碑中说：

> 莫高窟者，厥初秦建元二年，有沙门乐僔，戒行清虚，执心恬静，尝杖锡林野，行至此山，忽见金光，状有千佛，遂架空凿岩，造窟一龛；次有法良禅师，从东届此，又于僔师窟侧，更即营造。伽蓝之起，滥觞于二僧。

秦建元二年（366）的一个黄昏，云游四海的乐僔和尚手拄锡杖，疲惫地行至三危山下。茫茫大漠，何处可以作为归宿呢？他在踌躇怅望中突然看到奇景：三危山顶放射出万道金光，其中恍惚有千佛闪现。刹那间，他激动万分，他怔怔地站着，被眼前的佛光所融化，他的周围只剩下璀璨的金光。他醒悟了，这是佛陀的启示，多年苦苦寻找的佛国圣地竟在

眼前。于是他放下锡杖，虔诚地跪在佛光前，发愿要在这里
修窟造像。三危山对面的鸣沙山崖壁上，这才有了乐僔开凿
的第一个洞窟。接着，法良禅师又在乐僔和尚所开的窟旁边
开凿了第二个洞窟。从此，上至王公，下至平民，都纷纷来
到这里开窟造像，把自己的信仰与祈求都装进洞窟，于是莫
高窟便显得神秘莫测，而又空灵万分。

到莫高窟时，已是上午九点多了，我没有看到三危佛光
的奇景，但是已经心满意足了，因为我到了莫高窟。那天，
游人本来就不多，到中午时，莫高窟便恢复了沉寂，我漫步
在窟前的绿荫道上，凉风习习，心中的烦恼乱意也一下子被
这宁静与空灵的意境所净化。其实，即使没有三危佛光的启
示，祖师们也会在这里坐禅修行，只不过大自然这不经意的
一招，更增添了人们几百年乃至千年求索的信心。天地苍苍，
如虚如幻，世事沧桑，弹指千年，当我们站立在壁画前，一
切时间与空间都在这里凝固，化作永恒。

二

由于身体素质较差，再加上水土不服，所以我到兰州后
便开始感冒，到敦煌时，我的身体已经是最差的状态。去莫
高窟的那天早晨，我上完早殿后，便蒙在被窝里，一直到有
人喊"出发了"，才从床上爬起来。在没来莫高窟前，我已经

把莫高窟的画册翻了好几遍，并且读了一些有关壁画艺术的书，我怕自己成为只是来听那些本生故事的听众。

大巴车载着我们离开敦煌市区，大家显得很兴奋，毕竟对莫高窟向往已久。我因为身体不舒服，所以只是将目光转向窗外，茫茫的戈壁滩上，触目都是无际的黄沙。眼光四处寻觅，希望那神圣的宝地能一下子出现在自己的眼前，可是车子走着，老觉得走不到终点。心像飞旋的流沙，在半空悬着，没个着落。

来到莫高窟，茫然的心一下子激动起来，十几天疲劳的身心终于有了归属感。随着人流走上悬崖，进入洞窟，先是感受到一阵清凉，然后是四壁框住的幽暗，借助十几支电筒的幽光，才可以看清洞窟里的一切。人，虽然喜欢游荡，但是内心深处无不会渴望拥有归宿，此刻在狭小的洞窟里，不但可以藏身，也可以安心。大家挤在狭窄的洞窟中，听着讲解员讲着许多耳熟能详的本生故事，在壁画前伸颈仰首，探索观摩，一直感叹着这惊人绝世的艺术。

我们顺次参观，历史也在随着我们前进，如同电影在屏幕上不断变化，以纪录片的方式向人们诉说着那个年代的故事。北魏所具有的原始粗犷，如同在那个战争频繁的年代，在沙场上驰骋的多是剽悍的壮士，内心的痛苦与身体的强悍一起流泻到壁画里。隋代的壁画线条流畅活泼，人物情容逼真，人们对南北统一的喜悦都融进壁画里。唐代，一个伟大的朝代，大佛上挂着千年不变的微笑，正是对那时代的赞叹。

国家的统一，一个半世纪以来的相对安定和社会经济的长足发展，为来自民间的艺术家们提供了空前广阔的生活图景，启迪着他们的灵感。唐代是敦煌佛教艺术最为灿烂的时代，唐代壁画融合了西域艺术和外来艺术的表现技法，东西南北，博采众长，形成了统一的中国风格与中国气派。第71窟壁画《净土变》中的一身思惟菩萨，俯首支颐，眼神空茫，凝神默想，内心的澄静和外表的宁谧统一于美好的形象之中。第45窟开元年间的菩萨塑像，姿态婀娜，丰润健美，眉目间似笑非笑，表情含蓄，耐人寻味。五代继承了唐的遗风，由狂放走向沉着，由灿烂走向温存，佛教更走向了人间。宋代，一个渐趋下坡的朝代，一个民族的心理也逐渐衰老了，那些人仿佛被时代吓坏了，显得呆板；人们虽然在寻欢作乐，但是舞姿显得拘谨多了。元代，虽然版图扩大了，但是挡不住艺术的衰颓……

由于自己的信仰与专业的关系，我的目光在苦苦寻找着"西方净土变"，终于找到了！经讲解员的确认，我心中一阵窃喜：自己对壁画还是懂一点儿的！第220窟是贞观十六年（642）的《阿弥陀经变》，面积有十八平方米。人们将自己所理解的极乐净土用艺术的手段形象表达出来，一方面是为了便于修行者观想净土的庄严；另一方面是为了让老百姓认识净土，起教化众生的作用。壁画中部画着巨大的七宝池，四周环通，雕栏围绕。宝池中，阿弥陀佛结跏趺坐于中央莲花座上，双手作转法轮印。观音、大势至两大菩萨侍立左右。

四周围绕着无数菩萨，有的长跪礼拜，有的静坐思惟，有的持钵供养，有的凭栏眺望。朵朵莲花，随波荡漾。宝池两侧，楼阁耸立。乐队列于平台，舞者挥巾起舞，同时孔雀、共命鸟、迦陵频迦等也振翼飞翔。宝池上，飞天凌空飞翔，天空中摩尼宝盖自行悬空，天花乱坠……在净土里，无尘无土，只有水和云的皎洁和轻盈。楼阁回廊，都呈现在流水潺潺间；奇花异木，也只在彩云下隐约地展现着。

净土是没有尘世的痛苦的。只要你拥有了生命，这一生一世你便是凡夫，便必须在尘世间流浪，但是当你心中有了净土，你的人生就充满了希望，于是你便能快乐地活着。莫高窟中的各种净土变，都表达了人们对未来无穷的追求，这正是中华民族至今仍屹立于世界之林的原因。

参观完莫高窟，我拖着沉重的脚步，缓缓地离开洞窟。我不停地回首，莫高窟已在绿树的掩映中变得隐约模糊，心想：它与别的小山坡有什么区别吗？

三

莫高窟之所以具有如此重大的意义，不仅在于它的壁画、彩塑，还在于藏经洞所发现的遗书，于是诞生了世界性的学问——敦煌学。所以，莫高窟在敦煌，但敦煌学的影响却超越了敦煌，超越了中国，走向了世界。

藏经洞在莫高窟第 16 窟甬道北壁，是坐北朝南的一个侧室，修建于晚唐，现在编号为 17。没到敦煌前，我心中默想：一定好好地看一下藏经洞的样子，一个小小的洞窟竟令一个世纪的学问方兴未艾，它到底有什么神奇之处？可是当我看到眼前这样一个毫不起眼的洞窟时，心中的期盼顿时冷了几分。洞窟高仅有二米多，面积不过一丈见方。光绪二十六年（1900）发现这个窟时，洞内堆满了经卷文书法物。卷子都用白布包着，十来个卷子一包，重重叠叠堆放着，都是从魏晋十六国到北宋时的遗物。大部分是汉文卷子，还有藏文、回鹘文、突厥文、于阗文、龟兹文、粟特文、康居文、梵文的卷子，其中有关佛教的遗书最多，占全部遗书的百分之九十五以上。敦煌遗书内容涉及宗教、政治、军事、哲学、文学、民族、民俗、语言、历法、数学、医学、占卜及中外文化交流等广泛的领域，是研究我国和中亚历史难得的文献。

正是这些在当时也许是一堆废物的东西，竟令全世界的学人兀兀穷年，更使中国学人为之魂牵梦绕，因为对于中华民族来说，那是一场悲剧。陈寅恪先生说："敦煌者，吾国学术之伤心史也。"但是，敦煌毕竟是属于中华民族的，是我们前人留下的文化遗产，陈寅恪先生又指出："敦煌学者，今日世界学术之新潮流也。"一代代中国学者以弄潮儿的姿态前仆后继地在这学术的大潮中拼搏，从而取得了辉煌的成就。一次次敦煌学国际研讨会在敦煌召开，使"敦煌在中国，敦煌学在国外"的论调成为历史。

敦煌的每一片土地上、每一幅壁画里、每一张遗书中，都流着佛教徒的血与汗。可是，现在的敦煌已经离我们佛教界越来越远，更不要说研究队伍中能发现一两位身着袈裟的僧人了。

鸣沙山上的感思

作为 21 世纪的佛教徒，我们应当记住曾经拥有的辉煌，更应该去创造更加光明的未来，这样才不会辜负古人。

曾经多少个月夜，在皎洁的月光下，我倚着大松树，静静地听着一位研究敦煌学的法师讲敦煌、鸣沙山、月牙泉等，于是，心中便生起了一种期待：希望哪天我能去亲自感受一下。

我来自一个多山的省份，家在一座山中，只要一睁开眼，就会看到那绵延逶迤的大山。出家的寺院，也是在一座大山中，山上全都是灵奇怪异的大石头。石头山上有的是石阶、栈道，有时从寺院下山买东西时，为了省几块钱的车费，噌噌噌地跑下山，然后又噌噌噌地登上来。雄伟的大山也有它温柔的一面，它拥有如此众多清凉甘甜的泉水，跑累了，用手掌捧起路边的泉水就饮，旅途的劳累就会顿时消除。

鸣沙山在敦煌是著名的"敦煌八景"之一。唐写本《敦煌录》上记载，鸣沙山"盛夏自鸣，人马践之，声振数十里。风传端午日，城中子女皆跻高峰，一齐蹙下，其沙吼声如雷"。这里的"盛夏自鸣"是风吹而产生的自然现象，因夏日沙粒滚烫，经风吹互相摩擦便自发其声；"其沙吼声如雷"则是人力所为，即"滑沙听雷"。

走到鸣沙山，望着前面绵绵无尽的沙山，突然涌起一种难言的感动：我终于到了鸣沙山。莽莽沙漠，漫漫黄沙，呜呜啸风，多少个月夜下的幻想，终于神奇地出现在我的面前。山峰上有几位游人在高歌欢笑着，我心中有一种决心：我一定要登上鸣沙山。

沙漠中也会有路，但此处却只是几行歪歪扭扭的脚印。因为自己从前曾是登山能手，于是就像百米冲刺那样往上爬，但不一会儿，就发现自己错了——这里是沙山，不是石头山。脚只要一用力，便陷下去，甚至随着沙粒下滑。你越是性急，它反而越要捉弄你，这时你会觉得它的温柔到了可恨的地步了。才到半山腰，我便气喘吁吁，感到呼吸特别困难，对于生命，突然有一种绝望的感觉。

这时，我想起了玄奘、法显那些求法高僧，他们都是踏着这样的黄沙，将佛陀的教法从印度传到中国。记得义净法师有一首描写求法艰难的求经诗：

晋宋齐梁唐代间，高僧求法离长安。

去人成百归无十，后者安知前者难。

路远碧天唯冷结，沙河遮日力疲殚。

后贤如未谙斯旨，往往将经容易看。

这次，来到遥远的大西北，我有一个非常重要的目的，就是体验求法僧的艰辛。佛法东来，这是一件大事因缘，曾经有多少高僧为着这一个理想而葬身沙漠。漠漠黄沙闻鬼哭，茫茫大漠埋白骨，他们的精神被称为我们中华民族的"脊梁"，永远激励着我们这些后代人。

急躁的心一下子平和下来，仿佛自己的每一步都是踏着那些求法僧的脚印。回过头来看看自己的脚印，它们如一条长不可及的绸带，平静而飘逸地划下了一条波动的曲线，曲线一端，紧系足下。我知道，沙山是永久没有顶峰的，当我爬上这座峰顶时，会有一座更高的山峰挡在眼前。但是，我，始终站在走过的路的顶端，走过的，便是永远。也许，这就是人生吧！

风很大，夹着细沙一直往脸上扑来，艰难地走在沙山的山脊上，仿佛走在独木桥上一样诚惶诚恐，心中一直担心着自己会被风刮到山下。不知过了多久，终于爬上山顶，已是下午三点钟，这时的沙山是美妙绝伦的风景。棱角分明的轮廓塑造着一个黄赭色的梦，明快通畅的线条流溢着光与影的和谐，波荡式的山脊、山坡漾成湖面上的丝丝涟漪。风夹着细沙往山顶上冲，如同大海上的层层浊浪，阵阵涌向岸边。

独一无二的色彩、波折起伏的浪影，二者相融相契，真是大自然的绝笔之作。

面对绵绵无尽的鸣沙山，我大声喊叫："鸣沙山，我来了!"鸣沙山间没有回音，只有那无尽的沙子在嘶鸣着。我被圣洁的色彩、崇高的气韵感化了，缓缓地跪下来。我终于明白为什么古来的高僧大德和艺术家们会在沙山下倾诉自己的信仰与心灵，沙的嘶鸣声变成了天乐般的梵呗。静静地跪在沙地上，默默地合起双掌，口中喃喃地念着"阿弥陀佛"的名号，为那些命丧于大漠中的高僧、将士、商人祈祷，愿他们能超生净土。

远处仍有游人在继续前行着，他的身影在茫茫的沙山中只是一个移动的点。正是这一个个点，正是这一根长长的绸带一样的脚印，将佛法从印度传到中国。对于佛法东来的艰辛与不易，现代佛教徒体会得太少，如果我们每一个佛教徒都有一份当年求法高僧的虔诚与勇气，我们的佛教怎么会不兴盛呢?今年，是佛教传入中国二千年，我多么想重新到大漠中去，隆重地祭奠那些求法高僧，表达一份感恩的心情。

月牙泉

怎么也无法想象，绵绵的沙山下竟怀抱着一湾清泉，四面沙岭高耸。千百年来，风吹沙扬，这湾清泉依然状如新月、清若明镜。

站在高高的沙坡上，看着静静地躲在下面的月牙泉，总有一种难以适应的惊奇感：她怎么会跑到这里来呢？在兰州，我看过黄河，那滚滚的浊浪带给我西北的粗犷感。在大漠中，该来的只有那黄浊的激流，可是她是这样清澈与宁静；或者，她应该大一点，可是她是如此小家碧玉，如此纤瘦与羞涩，犹如柳永的词，一首婉约的词。真不知，漫天的飞沙是否因为她的楚楚动人而不愿将她填塞？那吓人的西风，为什么不把她吸干呢？

这样的一湾清泉，也许因为太神奇了，于是那些道士便在这里举行投龙的仪式。投龙的目的是盟告天地，传达世人祈福消灾、延寿祛疫、拔度苦魂的意愿；方法是在法事过程中以金龙、玉璧和符简置于山、埋于山或投于水中。今天，我们已无法想象那些过去岁月里的事情，我们也无法想象这样的一湾清泉，竟能起到一种沟通神灵的作用。

我飞奔下山，脚下卷起滚滚的沙子，如同车轮扬起尘沙一般。这是一湾不太小的清泉，泉水澄碧，水下七星草丛生，充满无限的情趣。岸边的芦苇、梧桐、沙枣、柳树及亭台楼榭的影子倒映在泉中，如梦似幻，宛若仙境。蔚蓝的天空、金黄的沙山、碧绿的泉水，浑然一体。我不知大自然的造化有时为什么会这样神奇。有一首诗描写得很好：

一湾如月弦初上，半壁澄波镜比明。
风卷飞沙终不到，渊含止水正相生。

大漠中如此一湾，风沙中如此一静，荒凉中如此一景，我们才知道天地造化的韵律。其实，人生也是如此，应该给浮嚣以宁静，给急躁以清冽，给粗犷以明丽，这样人生才能充满灵感。

突然，我有一种冲动：能来这里隐居多好啊！不过有人比我想得早——泉旁边有一座小殿，里面住着一位老比丘尼——她是多么有福报啊！可以听风沙的呼啸，可以看湛绿的泉水，可以看金黄色的沙山。

人有时不太容易知足，而当我们面对神妙的自然造化时，才知人其实很渺小，才知我们不必太在意自己。

人，有时应该看看自然，看看天。

灵山散记

1998年10月20日至23日，我前往无锡的灵山参加"中国佛教二千年国际学术研讨会"，住在太湖边上的绿波湾度假村，有感于优美的自然环境及大佛的庄严，回来后，便记下旅途中的点点滴滴。

漫步在太湖边

在灯红酒绿的北京街头，在星疏月朗的深夜，我曾经无数次地想过、梦过，我要到那山清水秀的地方隐居，安静地度过这一生。当徜徉在太湖边上，我感到自己那追寻已久的梦想将要实现时，心中竟有几分忧伤。

那略微浑浊的湖水，似乎没有想象中幽蓝，但对于久处干燥的北京而又渴望见到水的我来说，已经足够了。湖面上的波涛在轻轻地晃动着，诉说着那几千年难以明白的梦。顺着那条弯弯曲曲的小公路一直走，心在湖面上飘荡着，仿佛没有着落。在浩渺迷蒙的湖面上，只有几叶孤舟在漂浮着，但是，我仍然感觉到数百个世纪的宁静爬满整个湖面，静止了，无思无索，无声无息。

神情忧郁的群山被湖水轻轻地荡开，只得谦逊地退到远处，远远地关注着湖面的浪起波落。白云照着自己孤独的影子，落下大片的忧伤，翻飞的海鸥奔来撞去，竟搞不清自己是在天上，还是在水里，它们一会儿碰着了白云，一会儿又被湖水沾湿了羽毛。

山弯处，湖水悄无声息地躲去，留下一片湖滩。几艘船静静地停泊在湖面，船上挂满着五颜六色的衣服，一条电线从岸上牵过去，有的船上还有电视的天线——我突然明白，这就是报纸上所讲的"水上人家"。我顺着石筑的小堤走过去，想知道长期在水上生活的状况。但没走多远，小堤便中断了。望着对面那已经失去交通工具意义而又具有另外意义的船，我心想，在暴风骤雨的黑夜，在波涛汹涌的湖面，他们是怎样度过这些不安静的日日夜夜的？成群的鸭子旁若无人地叫着，几只小羊静静地看着我，惊奇于我这位方外来客，但它们又怎能明白这位方外来客的心意呢？朝着灵山大佛的方向，我轻轻地合起双掌，默默地祈祷：愿佛陀的慈光能够庇护这些苦难的众生，一生平安快乐。

走的路太长了，腿有点酸，便到一座码头休息。坐在冰冷的水泥地上，眺望着这茫茫的似乎蕴含着无穷生机的湖面，我仿佛感到那汹涌的浪潮迎面扑来；涛声如歌，敲打着我已然脆弱的耳膜，也只好被动地接受这无人指挥的交响乐。坐久了，干脆躺下来吧！一阵冰冷感刺入脊梁，烦乱的思绪似乎有点清醒。有多久了，没有仰望苍穹？有多久了，早已忘却自己原本是自由、无烦无恼的？

我仿佛进入梦幻的境界：圆天盖着湖面，湖面托着孤舟，远处看不见山，那天边只有云头，也看不见树，那水上只有海鸥……

灵山大佛

这一带山原名叫马迹山，据传说，唐代著名的译经大师玄奘三藏法师曾驻锡于马迹山，因见寺后主峰钟灵毓秀、翠霭多姿，与天竺国佛陀说法处的灵鹫山相似，遂将其命名为"小灵山"。

因为"中国佛教二千年国际学术研讨会"在祥符禅寺前的素食馆内举行，所以我有缘能目睹大佛的风采。当大巴车开进山门时，便远远地看到大佛矗立在雄伟的殿堂后面。祥符禅寺是一座刚刚修复完成的寺院，整座寺院朴实简洁、古色古香，宝殿玉宇掩映于青松翠竹之中，钟鼓梵呗回响于云林烟水之间，真可谓梵天佛地、灵山胜境。昔日寺僧在此静坐参学、观风听雨、搬柴运水、植树造林的生活情景，至今依稀可以想见。

通过祥符禅寺山门，进天王殿，入大雄宝殿。出大殿后，经后院门，即至朝拜广场。看到大佛，已是人声鼎沸的时候，我无法静静地面对大佛，慢慢地体验大佛的庄严与摄受力。

大佛站在一朵盛开的莲花上，好似始从天上降临人间。大佛形体雄伟，仪态安详，面如满月，慈眉慧目，开颜微笑，似笑而未笑，口似欲启又止，状若演说妙法犹未了，似有诸多嘱咐。我不知道，伟大的导师对于我这位凡夫僧，对于这些远道而来的善男信女，是否有什么教诲？向上仰视时，由于天空中有飘浮的浮云陪衬，佛陀似乎在宁静中又有欲动的感觉。其右手施"无畏印"，表示施与众生安乐无畏；左手施"与愿印"，表示圆满众生爱乐愿望。大佛通高八十八米，顶天立地，大有"天上天下无如佛"的气势。大佛背后为秦履峰，左青龙，右白虎，二山相拱，三峰屏立，重峦叠嶂，云蒸霞蔚，犹如"诸天听法苍茫际，万佛垂慈紫翠间"。

由此迈步二百一十八级登云道，最后到达大佛座前的大平台。翘首瞻仰，灵山大佛百福庄严，万德圆满，流露大慈大悲神情，体现拔苦与乐胸怀；放眼太湖，万顷碧波连天际；极目群山，千仞奇峰竞风姿；俯视原野，远树近村，绿地芳草，一览无遗。

赵朴老为灵山大佛题词云：

太湖三万六千顷，八功德水绕灵山。

如来百福庄严相，无量光明照世间。

佛教以时空无尽、世界无尽、众生无尽、佛无尽为其根本理念。时空无尽，所以竖穷三际、横遍十方；世界无尽，所以恒沙刹土、周遍含容；众生无尽，所以六道四众、轮回不息；诸佛无尽，所以垂慈施化、救拔群迷。佛既无尽，故十方三世皆有佛陀垂化众生，而体现在佛像的塑造供养方面亦有多种仪轨，人有供一佛的，有供三佛、五佛、七佛、千佛、万佛的，无非因指则明、借事明理。其中所谓五佛，在中国汉地寺院一般依密宗金刚界曼陀罗而设立，以五佛配五方：中央毗卢遮那佛、东方阿閦佛、南方宝生佛、西方阿弥陀佛、北方成就佛。而目前在神州大地上堪称佛像之最的，是在五个方位上也形成了五方佛的格局。依建造年代的顺序，北方有云冈大佛，中原有龙门大佛，西方有乐山大佛，南方有香港天坛大佛，东方有现建成的灵山大佛。这种信仰体系有信仰情感的落实，有助于整个佛教的信仰形成一种凝聚力，这是"五方五佛"的理念。

寄语中国佛教两千年

两千年的梦，对于无量劫的生命来说，显得太短了；对于几十年寒暑的人生来说，似乎又太长了。两千年前的今日，一位来自天竺的和平使者，一位虔心佛法的忠实佛教徒，乘一匹白马从遥远的天竺飘然而至，开始把佛陀的遗教注入中华文化的洪流，从此，中华大地发生了翻天覆地的变化。有位年轻的学者将中国佛教比喻为一柄神奇的扇子，引来春风化雨中国千余年。

站在两千年的边缘这样具有历史意义的位置，对于我来说，对于所有佛教徒及关心佛教的人来说，都是不寻常的。两千年里，中国佛教经历了多少风风雨雨、多少辉煌。佛教曾经征服中国，但是后来中国又离弃了佛教，于是佛教从金字塔的顶峰渐渐走向塔基，有人甚至怀疑中国佛教从此走向没落。但在"中国佛教二千年国际学术研讨会"上，一位年逾花甲的老法师在论文中说："唯愿佛教徒吸取历史的教训，使佛教随着国家民族振兴而振兴，法轮紧跟历史车轮而常转。"在座的一位学者激动地站起来，向老法师表示了深深的敬意。对于佛教中国化，学者各有自己的高见，但是佛教毕竟是佛教，中国化只不过是佛教适应中国社会的一种方便而已，而佛法的中心精髓并没有改变。

跨世纪的佛教将以什么样的面貌出现在公众面前？这是每一位佛教徒都应当进行深刻反省的一个大问题。综观历史上的反佛思潮及灭佛运动，其直接原因是佛教内部的腐化，佛教世俗化是佛教走下坡路的内在因素。佛教内部世俗化浊流，表现为竞其奢淫，与民争利，结交权贵，迎合俗习，南北朝时有人讥之为："何其栖托高远，而业尚鄙近。"

　　在两千年的边缘，佛教应该找准自己的位置，那就是出世清净的形象、超越世俗的品格，在世风日下、道心惟微的时代，树立一种超越的宗教品格，这是佛教存在的基础。世间一切不可能都是万能的，我们为什么又偏偏说我们佛教是万能的呢？从哲学、科学、艺术等世间学问中找出许多根据，让人们觉得佛教很伟大，我并不是说这种行为不好，但其实这是底气不足的表现。佛教就是佛教，它有自己独特、殊胜的作用，又何必需要那些世间学问来证明？所以，突出佛教的主体意识及独立地位，使每一位佛教徒感到自豪，将是佛法住持者的任务。

　　当年鲁迅先生认为中国人并不是身体上有病，而是在思想上出了毛病，从而弃医从文。现代佛教正是如此，缺乏忧患意识的佛教徒只知道借佛教为自己谋私利，只知道牺牲佛教的利益来求自己的利益。当年末法思想在中国佛教中曾经激起多少佛教徒的忧患意识，于是各种护法的举措纷纷出现在历史的舞台上。加强末法思想的忧患意识教育，让那些在温室中仍然迷茫的佛教徒明白佛教在现代社会的危机，是现代佛教在弘传过程中的重要口号。

　　超越的宗教品格来自僧团的自身建设，所以完善僧团制度是佛教建设的核心。如何依戒律及僧制的精神，在适应现代社会的条件下，借助企业、集团的管理经验，建立有效的管理方法，是当前首先必须解决的问题。整体的清净必须从个体的清净开始，所以严格把握僧源的素质，培养学戒、持戒的风气，是僧团建设的重要任务。

中国佛教之所以令人感到忧虑，其中一个重要原因就是在宗教实践方法上缺乏次第，佛教虽然很普及，但得到佛法利益的人却很少。所以，在宗教实践上，突出禅定与智慧并重的修行特色，是培养佛教出世清净形象的重要保证。今后在佛教的实践中，最主要的是提倡禅定的修行。培养禅定教学的师资及建立一套完整的实践体系是非常有必要的。佛教在世间弘传，宗教体验对每一位信徒都是必需的，要让信徒得到清净的宗教体验，并且能够不断得到提高，这就需要一套完整的实践体系。

佛教本来是非常具有文化品味的宗教，但僧团素质的低下，使佛教这一特色逐渐失去，于是它在知识分子阶层的传播便有了很大困难。佛教之所以能成为中国传统文化的一部分，正是因为佛教在义学上的发展，所以今后佛教的发展离不开培养僧人重视佛教研究的风气。

两千年之际，我们最主要的任务并不是让佛光普照三千界，也不是让法水流往五大洲，当前关键之举，就在于正本清源，使佛教能在社会中树立起一种出世清净的形象，这样的佛教自然具有摄受力与感召力，这是关系到佛教存亡的基础。

作为一名衲子，面对两千年的佛教，似乎有太多的话要说，但是欲言又止的感觉令我感到有些惊慌，因为历史的长流将会淹没这一切。尽管如此，我衷心希望佛法能常转，慧灯能长明。

夜游南华寺

　　我们到达南华寺，已是黄昏夕照时，天边一片红霞，太阳的余晖如黄金般洒在大地上。南华寺雄伟的汉白玉山门，在夕阳下显得更加庄严与肃穆。游人都已离去，古老的寺院显得更加清净，迎面而来的仿佛是一种静静的灵气。

　　我们这些人，其中大部分都没有来过南华寺，虽然不少是研究佛教的专家、学者。他们尽管对南华寺已经了解了许多，但是毕竟没有亲身感受过。有时，百闻确实不如一见，不用更多的语言去描述，只要用一颗心去慢慢地体悟。

　　黄昏是神秘的。缓缓地向南华寺漫步而去，深红色的大门在翠绿的大树下，仿佛是一个充满诱惑的山洞，吸引着在人生旅途中苦苦寻求的人们。树梢淡淡涂上了一层金黄色，一群群的暮鸦从寺院的后山飞出来，几声凄凉的叫声，回荡在宁静的天空中。一块写着"宝林道场"的大匾悬挂在大门上，凝重的笔墨显示着寺院悠久的历史。

南华寺的历史源头，据文献记载，可追溯至六朝梁武帝天监元年（502），来自印度的智药三藏，先是在广州光孝寺驻锡，后来云游到曲江曹溪村，看见山水回合，峰峦奇秀，惊叹于此地的美丽："宛如西天宝林山也！"因此，智药三藏对当地居民说："可于此建一梵刹，一百六十年后当有无上法宝于此演化，得道者如林，宜号'宝林'。"这个建议受到当时的韶州刺史侯敬中的重视，并特为表奏梁武帝萧衍，梁武帝欣然准奏，于是在天监三年（504）建成此寺，并赐额"宝林"。

南华寺建寺一千多年来曾几度兴废，最盛时代为唐仪凤二年（677）六祖慧能和尚住持该寺后的三十七年。当时有僧众数百人，得法徒弟四十五人，他们到各地传播，后来分成临济、沩仰、曹洞、云门、法眼五宗，这就是所说的"一花开五叶，结果自然成"，于是南华寺成为中国禅宗的祖庭。唐中宗神龙元年（705）其改名为中兴寺，两年后又改称法泉寺。宋太祖开宝元年（968）赐名为南华禅寺，一直沿用到现在。多少人在这里悟到佛法的真理，如寺前的曹溪，溪虽小而明澈，潺潺而流，为此地提供了水源，而这里的法乳也哺育了千千万万的佛门衲子。

走进大门，天地仿佛一下子开阔了许多，整座寺院坐落在奇峰环抱之中，周围古树苍天，浓荫蔽日。看见桃树的枯枝，才想到该是冬天了！望着周围苍翠的古树，我们一时忘记了四季的变化。

缓缓地向前走去，眼前的一切如季羡林先生在《黄昏》里所描述，是"一个幻变的又充满了诗意的童话般的世界，朦胧，微明，正像反射在镜子里的影子，它给一切东西涂上银灰的梦的色彩"。幽美安静的天空如一张薄幕，浓浓地压在人们的心头，树木、殿堂楼阁、烟纹、云缕，"都像一张张的剪影，静静地贴在这幕上。这里，那里，点缀着晚霞的紫曛和小星的冷光"。

走过五香亭，跨过放生池，进入天王殿，四大天王那充满威严的眼光令人感到心中一冷，灵魂的深处受到一次深刻的考验。走上台阶，便是大雄宝殿，佛陀的慈光令我们这些在生死乡流浪的浪子有一种回家的感觉。整个大殿高大雄伟、美丽壮观，一排排巨大的红漆木柱和无数结构严实的铆榫斗拱，造成一种非凡的气势。大殿的两边是五百尊泥塑的罗汉，仿佛群英聚会，济济一堂，甚为壮观。

大殿的旁边是斋堂，横匾的题款表明是苏东坡亲书。"斋堂"二字各有半米见方，笔锋刚劲有力，如铁枝钢钩，气魄非凡。传说当时寺中找不到大笔，东坡随手抓起一把小竹扫，一挥而成。细看看匾上的字，还真的不像是毛笔所写。

天渐渐地黑了下来，眼前的殿堂只剩下一片模糊的黑影，耳边仿佛有微风或轻雾在屋顶上或树梢下扫过，发出一种低微的声音，但当我谛听时，又觉得宇宙是一片死沉沉的寂静。佛经上常说"静尘"，但是也只有在这样的夜晚，在这样的古庙中，我们也才能理解寂静是一种声音，是一种尘劳。在充满叫卖声、汽车声、赌博声、无线电声，以及霓虹闪烁的现代都市中，我们已经不能享受这份漆黑与寂静的神秘；只有在山村中、山林里、古庙里，在无风、无雨、无星、无月的辰光，才能深入夜的神秘，享受到一个自由而空旷的世界。

我们参观藏经楼、灵照塔，看见在灵照塔后面的墙壁上有陈亚仙的墓碑。我们感到很奇怪，一个在家人怎么会把自己的墓放到寺院呢？听过介绍后才明白，原来在唐代时，寺院荒落，守寺僧众也离开了，寺院前后左右被陈亚仙所占。慧能和尚到了宝林寺，看到这种情况后，便巧施妙计，对陈亚仙说：现在堂宇狭隘，不足容众，老僧欲求一袈裟之地，可否？亚仙问：袈裟有多大？慧能和尚拿出袈裟要给亚仙看，亚仙不知其中奥妙，应允了。哪里知道袈裟一展，尽罩曹溪四境，四天王也现身坐镇四隅，吓得亚仙目瞪口呆。亚仙慑于六祖法力广大，不敢与他争执，只好答应了，但是要求在自己死后，要把墓放在寺中风水最好的地方，就是现存的这块地方。佛经上说：富贵布施难，懂得布施的人，不在于拥有多少财产，而是在于有多大的布施心，三轮体空的布施才是真正的布施。陈亚仙虽然答应将土地布施了，但是他仍然希望自己能拥有寺院中的风水宝地，说明他还是不能参透诸法的真实相。不过，也许这样，他才可以永远地听到晨钟暮鼓，而能听经闻法，这也是一种缘分吧！

到了祖师殿。祖师殿里供奉着六祖的肉身像，盘膝端坐，身披袈裟，面容栩栩如生。那些专家学者都在忙着拍照、看文物，而这时候，我最想做的一件事情，就是要在六祖肉身像前虔诚地礼拜。一种法乳的哺育、一种法脉的传承、一种落叶归根的感觉、一种浪子回归故里的心情，一时涌现心头。我缓缓地向六祖大师礼拜，突然眼睛湿润起来——这是几百年或多少世相逢的喜悦，还是未能亲聆教诲的忧伤？在淡淡的灯光中，六祖大师的慈容变得真实、清晰，耳边仿佛响起六祖大师的法音：

> 心平何劳持戒，行直何用参禅。
>
> 恩则孝养父母，义则上下相怜。
>
> 让则尊卑和睦，忍则众恶无喧。
>
> 若能钻木出火，淤泥定生红莲。
>
> 苦口的是良药，逆耳必是忠言。
>
> 改过必生智慧，护短心内非贤。
>
> 日用常行饶益，成道非由施钱。
>
> 菩提只向心觅，何劳向外求玄。
>
> 听说依此修行，西方只在目前。

看人世是悲剧或喜剧都不必，六祖大师的教诲告诉我们，在生时好好地生活，到死时释然就死，我想这是一个好的态度；但在生时有几分想到自己会死，在临死时想到自己是活过的，那就一定是更好的态度，也会了解什么是生与什么是

死。对于生不会贪求与狂妄，对于死也不会害怕与胆怯；于
是，在生时不会虑死，在死时也不会恋生，这就是人生的解
脱。我想起文天祥在被俘前，与元朝周旋到此地，曾经留下
一首诗：

> 北行近千里，迷复忘西东。
>
> 行行至南华，忽忽如梦中。
>
> 佛化知几尘，患乃与我同。
>
> 有形终归灭，不灭惟真空。
>
> 笑看曹溪水，门前坐松风。

诗中所表现的不是闲情逸致，而是一种苍凉悲壮的忧国之情
和不屈不挠的浩然正气。"空"，并不是把家国抛开，而是将
自身置之度外，不计个人的生死。如此，还有什么可惧的呢？
这是禅的入世精神吧！

　　沿着殿后的小巷出去，便出了寺院的后门，眼前一片昏
暗，依稀见着林木蓊郁，一股清凉迎面而来。万籁俱寂，树
木高大的枝丫与黑黢黢的形体耸入静悄悄的银灰的夜空。无
边的安谧与宁静，虽然见不到月亮，夜是无月的夜，但是星
星却如和善的眼睛时时穿透森林，望穿仙境似的黑夜，赋予
它以可人的灵性。

　　走上台阶，可以看到一座九龙壁，壁下有一注清泉，叫
"九龙泉"，这就是六祖当年振锡卓地的"卓锡泉"。我连忙用

手掌掬起几捧就饮,清凉甘滑,沁人心脾。我想,喝了六祖
大师的法水,从此我们便可不再迷失本来清净的自心,直至
证到菩提。

　　站立在平地上,望着幽幽的深谷,静,从四面八方袭来,
害怕自己的呼吸破坏了这份宁谧。从这片澄澈中,我照见了
自己,心中的妄念被南华寺的静夜涤清了许多。原来一切的
牵执都可放下。万物何曾有自性?无非烟聚尘散,皆属空幻,
我又有什么可以执著呢?

万

法

归

一

一种心情，一种感觉

人的幸福和快乐有时来自一种心情、一种感觉。

带着一位活泼可爱的小孩漫步在花林幽径之中，是一种心情；独自坐在台阶上，凝望着在晚风中摇曳的玉兰花，感受其清新洁白、淡雅、质朴、自然，也是一种心情；在庭院中散步，突然回头看到徐徐坠落的夕阳，晚霞满天，那也是一种心情。

静静地伏在案前，不思也不想，冥然兀坐，是一种感觉；在古老的银杏树下静读着远方朋友的来信，或打开尘封的记忆，于是那些遥远的故事便在树叶间流淌着，也是一种感觉；夜深人静时，提笔奋书，倾诉那份思念、那份真情，或潜心静读，遨游于书海中，这又是另外一种感觉。

一种心情，一种感觉。不管你喜欢平淡如水的人生，还是丰功伟绩、轰轰烈烈的人生，人生毕竟都需要一种心情、一种感觉。

当不经意时蓦然回首，那份心情、那份感觉便会重现，于是心中便涌起淡淡的喜悦，悠长而深远。

云的回归

在黄昏的夕阳下散步，已成为我的功课。

在夕阳的金辉中，静静地凝视着天边的晚霞，我的心中涌起一份感动、一点叹息："夕阳无限好，只是近黄昏。"蓝天下，飘荡的白云卷舒自在，但是应该飘向何方呢？何处是归宿呢？夕阳下，心灵深处的疑问久久不能释怀。

还记得香港回归的时候，那几天，我藏居在深山的古寺里，整天端坐在山峰的岩石上，眺望着苍茫的大海。视线中仅有的孤舟，成为我思索的主题。

红尘不到的深山，挡不住那颗依依牵连的心，我觉得自己仿佛是一叶孤舟，在浩瀚的大海中沉浮，无依无援，也不知何处是港湾。我如此，芸芸众生何尝不是如此呢？我，多情如水，深情如星，痴情如歌，唯独不能无情似剑。虽然都市的尘嚣远离我而去，我却悲欢着每一个人间影幕上的细节。

我知道，我是一片云。七年的时间只换来这句话，你也许会不屑一顾，但是其中的艰苦辛酸，早已成为永恒的记忆。一片云，终究将会化成为一股清凉，在天上，在地下，在宇宙间，那将是我永恒的归宿。这是觉者的体验，也是觉者的宣说，我确信无疑。

人生或可灿烂如春花，但是终究必归于寂静。深秋的落叶纷纷摇曳，弥漫着成熟后的安坦和怀念。黄昏的暖意透过凌乱的树叶，斑斑驳驳洒落肩头，飘荡着久远的记忆和感怀。一片落叶，一丝清风，诉说着回归的梦想，令人感动，总难忘却。生命的过程注定是由激越到安详，由绚烂到平淡，一切情绪上的激荡终会过去，一切彩色喧哗终会消隐。这种回归是必定要经历的，也是生命的具体过程。所以，你应该清醒地认识这一时刻的来临，而坦然无畏地回归。

其实你也是一片云，是天上的仙女所织出的一匹布，变幻的是仙女手中的梭子，是她的心境。可是你不知道，为形役使，为物牵绊，为情所困，你痴迷于自己的美丽，仍然在做着那个七彩梦。难道你不想梦醒，难道你还想对酒赏空花，再也不肯走出梦幻？

虽然彼岸我没有去过，可是已有无数同样的追求者已到达，我相信我也能到达。你，愿意跟我去吗？其实我们来去自由，觉者告诉我们：缘起必归于缘灭。无论是万家灯火，还是独坐黄昏，我们都如自然流水，从来的地方来，到去的地方去。"云在青天水在瓶"，禅的悟道也是这样告诉我们应该怎样看待生命。

　　曾经是一个人千里迢迢在茫茫人海中苦苦地寻觅，却发现原来只是昙花一现，你能擦干那晶莹的泪珠，与我携手飘荡吗？当寒窗孤坐、酌饮孤独时，你能走出那个桎梏的小屋吗？与我共同化成风，化成雨，来普润宇宙间的一切。那时，你就能明白，一朝风月，万古长空。

　　我是一片云，一片多情的云，我期待着我们共同的回归。

和佛菩萨在一起

生活在现代社会的人们，总有许多想不通的事物，而我们这些出家人，也会有许多的疑惑。出家这么多年，也习惯了面对那些充满好奇与怀疑的眼光。

我是一个凡夫，有许多烦恼习气，也总有那么一点点寂寞。有一点是毋庸置疑的，寂寞来临，会使人陷入一种不知所措的境地，那种感觉会使平时"呼风唤雨"的你感到英雄气短。

许多人给我来信，倾诉那种深深的寂寞之苦，我也只能告诉他一些世间的办法：看看旧信，翻翻相册，到外面去走走……其实，万法唯心所现，寂寞也只不过是心灵上的一种感觉，如果我们能以一种享受的态度去品味寂寞，那么寂寞带给你的收获往往出乎你的意料。我不想说"古来圣贤皆寂寞"，但是至少会使你悟出许多原本不知或者一知半解的真谛。

认识自己是很困难的，其实见性成佛即是真正彻底地了解认识自己。佛者，觉悟也。觉悟的人因为认识自己，才完全地认识宇宙人生。现代的社会是一个浮躁的社会，人们在太多的潮流中迷失了自己，所以"认识自己"这句西方哲言成为现代的"救世主"对人类的呼唤。然而，也许是执迷得太深了，人类用自己创造的"迷魂汤"将自己迷倒了。推究其原因，我想其中之一就是不愿意自甘寂寞。人只有在寂寞的时候才能清醒，才能反思自己，才能回想自己的得失；也只有在寂寞时，人们才可以发现生命中一些稍纵即逝的美丽。我想，寂寞会使你在黑夜中因看到天上一颗颗的星星，而读懂人间的沧桑。

寂寞的时候，我喜欢一个人静静地漫步在庭院的小径中，看着月亮渐渐西斜，平日无暇细细品味丁香花的幽香，这时可以独倚树下，慢慢地品味、分辨每一朵花所发出的生命之香；只有在这时，才会想起自己迷失已久，没有好好念佛，于是拿起念佛珠，用圣号来使那颗散乱的心得到平静，给自己一次熏修的机会。

寂寞的时候，我喜欢捧着一本久已向往的书，静静地细读，用一颗心与古哲圣贤们对话；喜欢用一支笔，面对桌上薄薄的稿纸，记下已经积聚许多的感觉；喜欢一个人躺在床上，聆听古寺那悠扬的钟声，默念着："愿此钟声超法界，铁围幽暗悉皆闻；闻尘清净证圆通，一切众生成正觉。"那平时熟悉的钟声，这时更显得悠扬、浑厚，在心灵的深处荡起阵阵的涟漪。

寂寞并不可怕，可怕的是没有一颗面对寂寞的心、自甘寂寞的心。寂寞，使我的思想有更多机会与佛菩萨在一起，使我的情愫拥有更多的寄托与遐想；寂寞，使我的感觉中留下心灵深处的颤动。

品味寂寞，以智慧来升华寂寞，会使自己的心灵境界得到提升；享受寂寞，是一种幸福，会使自己超然的生命走向永恒。

一切只因为自己

　　常常无端地感到苦恼与烦躁，当然有时也会毫无理由地感到快乐。所以，我有时反问自己：我怎么了？

　　是啊！我们常常因为自己的睫毛挡住了自己的视野，天高地阔的世界，才在许多眼睛里显得无限狭小。窗外，月朗星稀，烦嚣的城市沉浸在一片寂静中，可是，我们也是不甘心于那一片宁静，才用黑烟与噪音来制造自己也感受到心烦的世界。人啊，太多的时候，自己就是自己的敌人！自我画地为牢，本来广阔的心灵，就这样变得栅栏纵横？人们用一道道铁门将自己与别人隔开，虽然大家住得很近，可是又离得太远。自戴变色眼镜，目中乾坤岂不云遮雾锁？我们常常因为自己的不满，感觉到周围人对自己的鄙视；因为自己的愤怒，面对善意的微笑，也都看成带尖刀的奸笑。我们常常讥笑别人作茧自缚，其实真正可悲的是自己，原本自由的心灵陷入囚禁之渊。

我想到佛陀在菩提树下初成正觉时，那种惊天动地的感叹："奇哉！奇哉！大地众生皆有如来智慧德相，只因妄想执著而不能证得。"人啊！直面自己，别无选择，自己的智慧光明原本遍周法界，都是自己用黑暗遮住了，犹如乌云挡住了月亮，但是月亮肯定会冲破乌云的。所以，只有自己才是自己唯一的解放者！

一切只因为自己。那狭小的心灵空间只容得下自己，所以成为众生；佛菩萨之所以能觉悟，只因为没有一个自己，他们将每一个众生都看成自己，这就是同体大悲。

请自心底发动一场强震，也许需要三大阿僧祇劫，但是也要誓愿完成，摧毁心中那一道壁垒，敞胸拥抱八面来风；把自己的智慧火炬高高燃起，照破心灵中的黑暗。请给自己一次心灵上的阵痛，让热血沸腾起来，让涅槃生翼，让自我高高放飞，让自我高高放飞……

"粘壁枯" 的启示

晚饭后，漫步于大雄宝殿的走廊。夕阳西下，将余晖遍洒在大地上，我抚摸着渐渐褪色的红墙，心中充满着沧桑感。是啊！丈六之身的人类相对于三千大千世界，何其渺小！几十寒暑的人生，相对于无数劫的生死，犹如白驹过隙、电光石火，又是何其短暂！

沉思中，突然注意到红色的墙壁上有一条条银白色的线，心中感到十分奇怪。耐心观察墙壁的周围，终于在一条线的顶端看到一个蜗牛壳。我顿时明白了，这是蜗牛体内的涎，因为蜗牛在一直往上爬的过程中，渐渐消耗了体内的蜗涎，最后随着蜗涎的耗尽，只剩下一个壳粘在墙壁上。

那一条条银白色的线，是一个个小生命的历程，它们的一生竟然只可以用一条近一米长的线来概括。我想起苏东坡的一首诗："蜗涎不满壳，聊足以自濡。升高不知疲，竟作粘壁枯。"

蜗牛是湿生动物，在雨后常常可以看见许多蜗牛缠在树干上或路边的石头上，它体内的蜗涎虽然不算多，但对它来说，本来已经够滋润自己的身体，足以能使自己生活下去，享受那一份属于自己的快乐。然而，它永远不满足于自己的生活。终有一天，它的生命随着身后那一条条银线而宣告终结，那壳子也就粘在了壁上。

小小的生命如此，"万物之灵"的人类何尝不是如此呢？随着生存环境的变化，人类的生存方式与奋斗目标也发生了巨大的变化，许多人已经有安身立命的物质条件，可是欲壑难填，总是感到不满足，发狂地追求物质与金钱，于是生命中的许多珍贵的部分因卷入物欲的狂流而消失了：因忙于商海的角逐而冷却了亲情，因世俗的尘埃而忽略了友情，圣洁的爱情成为攀登的阶梯，心灵上的绿地撒满了五颜六色的调味包。最后，他富得只剩下钱，也只能用灯红酒绿来刺激满足那空虚的心灵。我不知道，这种生活方式是人类的幸福，还是人类的悲哀？

当然，在现实生活中，不乏这样一种人：虽然清贫，但活得很快乐；虽然不能在豪华的大酒店中觥筹交错，却能与众多知心朋友品茗谈心。这些人能够懂得生命的意义，乐天知命，安心于淡泊的生活，追求生命的真谛。

佛陀在《遗教经》中说："知足之法，即是富乐安稳之处。知足之人，虽卧地上，犹为安乐。不知足者，虽处天堂，亦

不称意。不知足者，虽富而贫。知足之人，虽贫而富。不知
足者，常为五欲所牵，为知足者之所怜悯。是名知足。"这是
真正的快乐哲学，人的快乐并不在于物质的丰富与否，而在
于心灵的感受。拥有一颗清明的心，就能快乐地活着、潇洒
地活着……

　　当代台湾作家林清玄说："人的贫穷不是来自生活的困顿，
而是来自贫穷生活中失去人的尊严；人的富有也不是来自财
富的累积，而是来自在富裕生活里不失去人的有情。人的富
有实则是人心灵中某些高贵物质的表现。家家都有清风明月，
失去了清风明月，人是最可悲。"每个人都有一块属于自己的
天地，如果能在这块土地上辛勤地耕耘，收获的果实将会十
分丰富。

兰花的思索

昨天，窗前心爱的兰花开了，由一片片小绿叶围绕的小圆圈中，两朵小小的兰花盛开于其中，花中有三四条小小黄色的花蕊，显得小巧玲珑、清新悦目。它没有牡丹花的高贵，没有芙蓉花的娇艳，没有桃花的绚丽，没有梅花的不屈气质，但我却感受到它的飘逸、潇洒、清高、超尘脱俗。它犹如白衣天使，从辽阔无垠的莽野中给我送来绿的信息。

我不禁用手轻轻地抚摸，因为我从来不知道它会开花，偶然所得之喜，非言语所能及。也许没有人知道它在盛开，唯独有我欣赏。我想：如果我有片时的疏忽，将会留下难以弥补的遗憾！因为它不能引人注目，如果有一时不注意，将无法记下这一片刻悄悄流逝的温馨。

今天，那可爱的小兰花洒脱的影子早已消失得无影无踪，唯有两朵枯萎变色的花苞垂挂在枝头，我又不禁为之感叹：

何其短暂！何其无常！小兰花如此，生命又岂非如此呢？

小兰花来得无所从来，去得亦无所从去，但它给我带来了生命的信息，它使我思索人生的意义。世界的众生浩如烟海，我也只是其中的一员，犹如小兰花只是色彩缤纷的花族中的一种。它很小，也不能给更多的人带来什么，但却留下一片思索的天地，引起我去追寻。人生何尝不是如此呢？在寒暑迁移的几十年中，大部分人只能是默默无闻，世界上不能都是拿破仑，必须有人当士兵，也没有第二个诺贝尔……俗话说"好花还需绿叶衬"，难道我们默默无闻就要否定自己存在的价值吗？可以说，一个人存在的价值并不是测量所能得到，即便有所得，也不能得到全部的价值，犹如小兰花悄悄地消逝，它的价值难道就如我所体验的那些吗？所以，我们没有必要否定人生的存在价值。因为每个人所处的地位、本身的条件、所遇到的机缘各有不同，有各自不同的人生世界。

也许有人见小兰花迅速地消失，便引发无限的感叹："一切都是幻灭、空的。"我记得现时流行一首《醒世歌》：

> 天也空，地也空，人生杳冥在其中。
> 夫也空，妻也空，大限来时各西东。
> 母也空，子也空，黄泉路上不相逢。
> 人生犹如采花蜂，采得百花成蜜后，到老辛苦一场空！

这是多么失望、多么空虚呀！虽然在人生的旅程中，我们难免受到空虚、失败、幻灭的侵袭，但人生总不能如上所说毫无意义吧！即使是不完善、不正确的，也总会有些意义，以安慰自己一直活下去。如替人修指甲，这是现代中国人不愿意干的，但是当指甲修成后，修的人会长嘘一口气，露出满意的笑容。可以说，每个人安慰自己的方法都有所不同，有些人以自己的家庭来安慰自己，这也是绝大部分人传宗接代的原因；有些人以某团体、民族来安慰自己……当然，将人生寄托于某一焦点上，未免有些偏差，因为这些是无常变化的，一旦家庭破散，民族被外族铁骑践踏，那么人生的天平将难以平衡，这时将会觉得一切都是徒劳，就会百念俱灰，就会觉得人生毫无意义。所以，正确的人生意义，唯有在佛法中探讨。

也许有人听到佛法的人生观，便会叹息。佛法是重视人身的，人身是由善业所得，而且现生的行为善恶，会成为未来升沉的枢纽。在佛教中，自杀虽是自己愿意的，但却是不被允许的，这正体现了佛教的人身难得的观点。现在世界上自杀率在迅速地上升，就是缺少佛法的甘露、不能自尊自重、轻视自己的生命的表现，自杀是很草率的行为。整个地球有七十多亿人口，与动物界相比，显得何其珍贵、难得。佛经里常讲人有三事胜诸天：一、能够勇猛精进；二、能忆念分明；三、人有回善向上之心。人类凭借着自己的勇气、知识、道德来提高人类的精神和物质水平，历史才能发展，才能创造出前所未有的世界。

同时，佛法讲人生是苦，这是不可否认的事实。首先是受狭窄产道的挤压，风吹嫩体如刀割；稍长后，有所追求偏又求不得，恩爱情深反而分离，冤家对头偏偏狭路相逢，人生实为十有八九不如意；人生的几十寒暑，常为病、老、死所困扰，常有丢失生命的危险。反过来说，只因为人生的智慧，虽有几十寒暑，除去少年的无知，老年的老化、迟钝、吃睡等等，所剩最多不过有二三十年的时间，豆蔻年华实为不长啊！人到这世间总应该承担一点义务，不能空来一趟，何不潇洒一回呢？所以，正因为时间的短暂，需要我们去奋斗、追求，应该要好好利用这段时间。纵观世界上著名的科学家、文学家，大多在青春年华就有所建树，所以青年朋友们，不管是否有同样的信仰，相识与否，让我奉劝一句：好好珍惜青春年华，不要浪费虚度光阴，否则，到老时您将会后悔莫及。

兰花并没有给我带来香气，却带给我人生的真谛，让我用笨拙的笔头将其奉献给有缘的朋友吧！

春雨夜的静思

春雨绵绵，淅淅沥沥，仿佛令我回到多雨的故乡。在春雨纷纷的季节，江南、杏花、春雨，构成一首美丽的歌。歌的曲调忧伤、悠长，始终令人难忘。

静夜难眠，听着纷纷的雨、细细的声响，雨水就这般亮开愁与思交错的生涯。听雨的人，敞开蜗居的门，在烟雨袅袅的氛围中，多年漂流的际遇营造禅一般宁静的心态，淡然面对世界。只有那轻重疏密的雨音敲击旧日的伤痛，雨花溅成一地纷乱的情丝。

在这样的一个雨夜，会不会有落花呢？一片落花在雨中飘动，左右生存空间，拥有或失去。行进于情感地域，是苦的选择，真诚与无为难以融为一体，残缺了多少美丽的故事。想想天下有情人的同一个结局：总是品尝晶莹的雨点与泪水。

一把伞是一方漂移的天空，窄窄的空间里，缓缓的步履和独行的背影同样冰凉。用淡淡的目光打量伞外的世界，想想孤独的我，只能与雨同行，感受这湿漉漉的人生，没有火热。孤独的自由带着身躯穿过大街小巷，踩一条乡愁的路，瞬间在雨中了无踪迹。

面对绵绵的春雨，无尽的思绪浮荡在遥远的天际中，想想原本爱雨的我，终有离世的感伤。在遥远的另一世界，是否有春雨绵绵、秋雨淋漓？对着灵性的大地，我想：我会化成雨中的一片落叶或一朵落花，还归于大地。

静静地想着，在春天这丝丝密密的雨中，点点而落的，岂止是季节的雨？所有雨的梦、雨的歌，都将随着季节渐行渐远，只剩下雨中的一片落叶——那是我的化身。

梦中的雨

终于，又下雨了。

看着细细密密的小雨轻轻地洒在瓦片上，静静地淋洒着万物，悄悄地溜进人的衣领。于是，瓦片便有了一种光泽，似乎上面还浮着一层白纱。丁香树更显得可爱，小草则犹如沙漠的旅人突然碰到一杯清凉的水般舒展。

听着那冷冷的雨，淅淅沥沥。

仰卧在小床上，听雨敲打着瓦片，那是人生最大的享受，那是不老、永恒的乐章。小雨横洒竹林，犹如情人的私语，充满着温柔与羞涩。最令人心动的是窗外的屋檐水，一滴一滴，十分清脆，十分分明，令人感到一种心灵上的震撼。

雨气空蒙而迷幻，不用撑伞，漫步在雨中，让小雨静静地梳理那些烦乱的思绪。于是，心也就变得湿湿的、潮潮的、润润的。

面对这幅北国春景，我心中有种熟悉的感觉。我来自春雨的故乡，雨中的一切都化成故乡的梦：江南，春雨，杏花。这时，你不会再用 rain，你会联想与"雨"有关的一切，于是心中的雨意更浓了。但是，北京的春雨，总感到缺点什么！哦！是雾，这幅美丽的图画还差几笔虚无飘渺的雾，有了雾，就会显得朦胧与神秘。雾，会使整个世界更加凄迷，营造出那心中的迷幻。

雨，古老的音乐，不老的乐章，然而繁忙的现代人对它有几分熟悉呢？我看，现代人差不多都忘记它了，否则，熙熙攘攘的大街为什么突然变得冷冷清清呢？我很喜欢看到一些在雨中漫步或狂跑的人，将人的心灵最深处袒露出来，接受春雨的淋浴。

愿我做一个关于雨的梦中游吧！

秋　意

一

一片浅黄的秋叶，轻轻地从枝头飘落；我动情地将它捧起，追忆着它昨天的风采，走向空灵的深秋……

归雁南去，菊英生寒，大地闪动着清丽的光彩，高天轻云淡淡，这漫漫的秋色里，浮流着秋意浓浓的情感。依在深秋的胸前，情愫中就多了几分喜悦与忧郁，还有那难以掩去的慰藉与惆怅。而秋意本身，似也涨满了对三春的怀恋、对夏季的缠绵，也有对南国那绿色芭蕉林的追忆，还有对塞外那飞雪流苏的无边感叹。深秋，是时空迭替演化的梦，长梦一年又一年，它解释着大自然，也解释着色调各异的人生。

也许是我自作多情，赋予了深秋太多的伤感，春夏秋冬，循环交替，这本是很自然的，是无执著的。深秋的天地间，一种难以言传的意绪在流淌。在鸦鹊孤独的寒啼中，潇潇万物默默地潜入冷色的梦眠。送走的，是一个无奈的季节；将重新孕生的，是所有生命的下一个春天。时序交替，循规自然，生发出无限感慨的，是生活中行路匆匆的人们那易触多情的心。这就是现实，无可回避，又何必伤感呢？有两句诗这样说：

一气不言含有象，万灵何处谢无私。

夹路桃花风雨后，马蹄无处避残红。

二

我望着窗外如水的月光，那把整个天地倾泻一白的月光，那如烟如岚的月光，那如诉如怨的月光。我只能遥想着二千五百多年前的佛陀，他睹明星而悟道，如果他望着今晚的明月，是否也能悟道呢？能，肯定能，我想。如果不能，古德怎么会有《指月录》呢？

秋天很凉，窗外的树叶早早地凋零了，卷曲而枯黄的落叶被秋风拂得发出"沙沙"的声响。想象着从寂冷的空中飞过的归雁，留下声声绝望的哀鸣，使我无端地永受着秋凉的冷寂。

那是一场多么悲怆的诀别啊！这是上天的敕令，这是所

有的枝与叶的命运。在空中,她缓缓地飘落,用无言的注视
与他话别,目光里有些淡淡的惆怅。但,落地时她没有叹息。
因为离别之前,她已用阳光染红了身体——她匍匐在他的脚
下,映出太阳般的光辉。这样,整个冬季,他都不会寒冷。

三

无风。北国的深秋,也是一道美丽的风景。光秃秃的树
丫,古寺,红墙、绿瓦、飞檐,在那淡淡的凄凉中,有着深
深的宁静。

一切都无遮无挡,全部展现在我的面前,但我仍抹不掉
那如彩云般的丁香花、那郁郁葱葱的绿叶。也许世界原来是
一道墙,只有秋天的一切才是墙内真正的风景。秋,带着伤
感与凄凉,向我们渐渐地袭来。但是,我们应该用诗情与智
慧来提升与转化秋天的一切。那枯树、落叶,是否也是一种
法音,宣说着宇宙人生的无常真理;那也是一道风景,一种
无常美、宁静美。

四

秋天,该是多么美好的名词啊!漫步在林中小径,踩着
绵软的落叶,静心地聆听着生命的哀歌;或者独倚光秃的树

干，仰望迷蒙的天空，一切仿佛离人远去，一切又仿佛近在眼前。

秋天，令人思索的季节，令人感伤的季节，你会想起小时候的朋友、远方的父母及大洋彼岸的亲人。许多动人的故事，构成秋天的一道风景。

独觉之人悟飞花落叶而悟道，大自然蕴含万机，等待人们去挖掘、探索，但我相信那是"无尽藏"。

赏落叶偶感

秋风萧瑟，多日未游藏经阁前的庭院，忽游，觉面目全非，偶有几分感慨。

藏经阁前，老树枯枝；扑扑簌簌，梧桐叶子落满地。蓝天为被，落叶为席；悠悠然然，懒散皮囊得安然。

无儿时妈妈焦急的呼唤，无平常俗子乏味的言论；不用矫揉造作，不用假装威仪堂堂。返璞归真，淡泊身外之物，寻得自在逍遥。

遥望天空舒卷的浮云，近看黄花落叶；念天地之浩瀚，思人生之无常。看参天大树，绿荫盛装今安在？唯裸露着原始的古色。视红墙绿瓦，曾光耀一时，然史思明、乾隆皇帝今安在？丰功伟业，皆被雨打风吹去，唯留石碑、御笔……

叹古思今，古刹重光，多少风骚从此兴，不觉欣慰欢颜。

夕阳下的孤独

下课了，一个人背着沉重的书包，推着自行车，慢慢地沿着学校的小路往家的方向走。家，似乎是一个遥远的地方；我住的地方，其实只有一间小屋，堆满了书，有时书甚至铺满了房间的每个角落。走了几分钟，突然有种想休息一下的感觉，那就坐吧！于是，便沿着操场的台阶坐下来。

雨后的天气，清新自然，暮春的黄昏，从树林里传来一阵凉意。黄昏下的一切，有点迷幻，有点朦胧。夕阳，可能是已经奔波了一天有点累的缘故，光线里已经没有了热力。天空很美，夕阳镶染着云霞，变幻出无数奇妙的颜色，黄澄澄的，似乎都染上一种迷幻般的染料。阳光洒在操场的四周，如跳跃的音符，在雾气中流荡，在树叶间淌过，最终消失在小径的深处。

整个校园很安静，早已经过了下课的时间，只有稀疏的几个人在操场边走着。夕阳真美，石榴、梧桐、青松、曲径……一切都染上一种冷冷的黄色，流出一种凄凉的调子，一种湿湿的感觉弥漫在四周，将形影孤单的我紧紧围住。

生命在奏着同一首曲调，太阳正在将白昼的热情渐渐散尽，而归于暗淡。树木正在迎向喧嚣的夏天，将冬天的单调与无奈暂时收藏起来。但是，无论是繁华还是平淡，无论是喧嚣还是宁静，生命都在不停地轮回着。生命只是一个过程，热烈、疯狂的春花，萎落飘零的落花，都是一个过程的不同表现。生，死，只是这个过程的一条连线。但是，这条线正在无限延长着。

人似乎随着流荡的云、飘浮不定的雾气而摇摆，白昼的光明与阴暗的黑夜在交织着，光阴的短促与无限的生命在重叠着。我，似乎已经离开个体，在时光的隧道中不断地退却，回到无始的从前。一切几乎都没有了，只剩下模糊的一片，也渐渐被黑夜吞噬了。

一封回书

一张短短的信笺，黑白的字里行间满溢着生命的悲哀与生活的艰辛。也许生活本来应该对你恩宠点，可是生活富于戏剧性和残忍性，也是无可奈何的。

远方的你，想必会在雨中漫步，一任你浪漫柔美的思绪随风随雨飘扬。你会听着窗外时紧时疏的雨声，满心贮足了诗。雨中的一切，都化为一首首小诗，在风雨中幽吟。你为什么说不美呢？屋外的路泥泞难走，院中的花零落不堪，行进中的旅人浑身透湿，你在这种情况下，不会感受到往常的世俗喧嚣一时间泯灭了吗？天上人间只剩下被雨声统一的宁静、被雨声阻隔的寂寥。人人都悄然归位，死心塌地地在雨帘包围中默默端坐。外界的一切全成了想象，雨中的想象总是特别专注、特别遥远。

你也许不知，在干燥的北京，雨是最吝啬的，人们被灰尘裹得紧紧的，很难展露真正的面目。这时，我是多么想到那绿色的草原上去。悠闲的我，静静地躺在蓝天下，望着卷舒自在的白云，一任思绪翱翔。

　　难道一切真的是命运吗？也许是吧！一切都是云烟，一切都是没有结局的开始，一切往事都在梦中，一切都是稍纵即逝的追寻！

独守一方净土

静坐在自己的小桌前，静守着自己桌前一盏灯，漫游书山，徜徉书海，可品华章奇文，如饮甘露，如沐春风，任思绪悠远，浮想联翩。漫步在幽幽的小院，斑驳的红墙，飞檐翘角，数不清的枝叶在浓绿中交错喧哗，斑斑点点的阳光在林间跳跃着。静坐在大树下的石阶上，一股清凉油然而生，"安禅何须山水地，灭却心头火自凉"。

外面的世界很精彩，五彩缤纷，随他去，不管他；任凭世上红男绿女千变万化，有声有色，诱惑着人们。隔壁的歌舞厅又传来迷离幽怨的歌声，早知如此，何必当初呢？我独坐于桌前，自有自己的天地，自有自己的修行，自有自己的净土。有时，在一片无边无涯的茫茫云水边，蓼红苇白、秋风飒飒的岸边，我如一只苍鹤独立良久。外面的世界很精彩，可是外面的世界很无奈，这是歌星来自灵魂的叹息；我的世界很简单，一桌一椅，一柜的书，再加上一张只够曲肱而眠的小床，但是却摆脱了窗外的喧嚣，进入一种清净恬淡的幽远境界。这里没有俗世的烦嚣，而是来自遥远印度的一方净土；这里没有俗世的苦恼，因为一切被佛法的甘露、禅的清凉给净化了。

在寺院打工的油漆工人来到小屋，悄悄地问："您是否很孤单？"我先是一惊，最终又理解了他。在他眼中，闲云野鹤也许太孤单了；可是，在这里，在我心中，孤寂早已化为一种温馨、一种淡淡且悠长的韵味、一种情致、一种缘分。心灵，在这方净土中得到慰藉、净化；生命，就在这片家园中得到升华、超越。

人生旅途中总有看不完的景致，山穷之处即云起之时，云在青天水在瓶，这是对人生的另一种诠释，也许会给潮起潮落的人生带来一点启示。在生命的深处，其实我们希望拥有一方净土，一片真正自由、宁静的净土，可是人生潮水沉沉浮浮，循环往复，经过无数次的生死浪潮的冲击，我们仿佛忘记了当初真诚的誓言，那渴望已久的梦想渐渐在风中散去了，我们有点不甘心，于是怀抱力不从心的遗憾和悲伤的幽怨。其实，生命的故乡一直呼唤着浪子的回归，只需要我们回头，回望生命的本源处，本地风光便悄然而现，我们就可以与真正的自己促膝长谈，与诸佛同出一口气。

浪子，回吧！

凿井的启示

前几天，在一本杂志上看到一幅漫画：两人在沙漠中凿井，一个人急于求成，没挖多深就放弃了，于是在他的背后留下了许多小小的坑，却不见井水；另一个人选择好一个地点便埋头苦干，精诚所至，金石为开，一洼清清的泉水终于在他眼前出现了……

这是一个时代的缩影。无论在哪里，我们常会听到有人叹息生活忙乱，负担过重。有人把"忙"当作自己才能的代名词，以为"忙"才能表现出自己真正的本事，于是被别人拉去做这做那，忙些不该忙的。试反问自己：这样忙有意义吗？我们太贪多、太求全或太急切，反而使自己顾此失彼，对于自己着手的工作易失去兴趣，因而时常见异思迁。其实这是凿浅井，虽然凿了许多井，然而没有一口井凿到水源，可以说，这不是能干，而是对生命和财力的浪费。人生几十寒暑，无常迅速，在有生之年，把握自己真正的兴趣与才能所在，一心一意地做下去，才会有所成就。"不经一番寒彻骨，怎得梅花扑鼻香"，它需要一种锲而不舍、全神贯注的追求。

这个时代是一个浮躁的时代，人们被时尚和流行风搞得晕头转向，许多人失去了凿深井的精神。《遗教经》上讲："置心一处，无事不办。"我们常常感叹做事难成，却不知是否曾反躬自省：我们真的一心去做了吗？其实，人生中只有深井才有真正的内涵。

人生如此，修行更是如此。浮躁同样是现代修行者的最大毛病：没念几天佛，便谓无有感应；没看几本书，以为佛法不过如此而已；看见周围学佛者不过平平，以为别人修行不见得怎样高深；看见别人的修行有点感应，便取新舍旧，以为自己的法门不对，不知别人的成就来自修行之辛苦……这些都是凿浅井的毛病，所以虽有千万人修行，然而有成就者难有一二。我们学佛，是向佛菩萨学习，他们是真正的凿井者，三大阿僧祇劫的苦修，方成就无上正等正觉。祖师大德即使在开悟后，仍然于林下水边长养圣胎。修行岂是朝夕之事呢？修行需要真正凿深井的精神，要有"不见水源，誓不罢休"的气概，需要锲而不舍的追求，要深入一门，几十年如一日。只有这样，才能完善圆满的人格，成就无量智慧与福德。愿与诸位修行者共勉！

何处青山不道场

何处青山不道场，

何须策杖礼清凉。

云中纵有金毛现，

正眼观时非吉祥。

这是赵州从谂禅师欲去五台山朝山时，一位不知名的僧人写给他的诗偈。诗的意思是要去五台山拜佛，想见到五台山的文殊菩萨，这种做法并非吉祥。在作者看来，处处青山均是修道之道场，即处处均可遇到文殊菩萨。因为佛性、法身遍大千世界，无所不在，遍满虚空，不必专到一处去求。《金刚经》中说："若以色见我，以音声求我。是人行邪道，不能见如来。"如果专到一处去求，即使在五台山真看到了金毛狮子，看到了文殊，也并非好事。因为心有执著，这反倒窒碍了智慧，这正是"正眼观时非吉祥"之意。

古代禅宗所开示的修行理念是"当下即是"的思想。我们的生活充满着禅意与禅机，郁郁黄花无非般若，青青翠竹皆是法身，佛在心中，应当于自性清净心中求佛、见佛，不应心外求法。但是，我们众生由于无明妄想，自我封闭，障碍了内在智慧的显现，意识不到他本身具有体验禅的潜能，古德称之为："百姓日用而不知。"一颗清明灵感的心正是禅者的心。我们由于长期地在红尘中翻滚，所以心逐渐变得愚钝，那么学佛、修禅无非为了使心变得清净，如拂去了镜子上的灰尘，能映彻万物。

宇宙万物，生活中的一点一滴，都隐含着伟大的禅机，需要我们去感受、去体悟。所以，满目青山是禅，茫茫大地是禅；浩浩长江是禅，潺潺流水是禅；青青翠竹是禅，郁郁黄花是禅；满天星斗是禅，皓月当空是禅；骄阳似火是禅，好风徐来是禅；皑皑白雪是禅，无声细雨是禅。生活中的快乐是一种感受，因为你感受到一种真、善、美，体悟到人类智慧的伟大潜能。有时，或许你看似一无所有，但其实你拥有的更多、更丰富，禅的世界就是如此。

大自然到处都呈现着禅的空灵与恬静、悠远与超越、真实与现成。古代禅师正是体会到那些隐含在万物中的禅机而豁然大悟——释迦牟尼佛因睹明星而觉悟成佛，洞山良价禅师因过小溪目睹水中影而打破疑团，灵云禅师因见桃花而开悟。所以，有时当你骑车经过熙熙攘攘的长安街时，突然发现喧嚣的街头有棵梅花树正在静静地开放，心中涌起一阵感动与喜悦：哦！生命原来如此美好。这正是禅者的心与禅的喜悦。我想，禅者就是因为拥有像诗人那样的灵感而开悟，诗人则因为拥有禅者的体验而吟诗，于是才有陶渊明"采菊东篱下，悠然见南山"那样的千古绝唱。

禅的普遍性与超越性，给我们滚滚红尘的人生带来一丝清凉，当我们细细地品味这份清凉时，肯定会从内心的深处道出一句："何处青山不道场。"

其实，不然

那是一角绿色的庭院，绿树浓荫，海棠晶莹碧透。只有庭前的台阶，显出一种静穆和沉重。

其实，我是十分喜欢绿色的，房前的屋檐下摆满各种兰花，便是一种证明。人生也许是一只孤独地走过沙漠的骆驼，在艰难的跋涉中，唯一能感觉到的是头上的焦灼、喉咙与嘴里的干涩。在这几十寒暑的一小段的旅程上，留下的是什么呢？身后那深浅不一的足印被风沙渐渐地淹没了，除此之外，或许是那曾经发现的绿洲。在那儿一边饮着清凉的水，向玻璃似的水面上，瞅着自己的影子以及天上的白云，悠然起了遐思。那偶然发现的融合的绿影，是怎样地使我欣快啊！

其实，我一直羡慕着沙漠的苍茫与孤独，当骆驼走进戈壁深滩时，绿洲也就不易发现了，然而，我还是要跋涉去！沙漠哪怕再深些，再远些，只要没有一阵偶然的暴风把我淹没，我也迟早会走过这窒人鼻息的瀚海。那时会有绵绵不断的绿洲，幸福的绿的家园，来装下长途疲倦了的心灵。

其实，我应该去做一名隐士，远离这些尘世的烦恼与喧嚣，因为年轻的我，早已疲倦。我早该栖身于山林间，聆听林海深涛，饱餐山光水色，让飘渺的云雾包围孤独的我。那时，我早已满足孤独的我，或放纵高歌，或仰天一笑，无不快意平生。

我一直在苦苦地追寻真实的自我，可是滚滚红尘将我层层包围，我是那么无助。一阵风，几滴小雨，一片落叶，将会带走我的一切，只剩下孤独的我，在轻轻地歌，在轻轻地唱。也许是迷恋了太久了，我早已忘记当初真实自我的模样，于是我一边在红尘道上漫游，一边苦苦地参究着"父母未生前，我的本来面目是什么"，希望有一天，我的这个疑团会被打破，到那时我再告诉世人：我的真实到底是什么。

其实，并没有那么多的"其实"，佛法的智慧在冷静地告诉我：我的许多"其实"都是虚幻的。当我在键盘上敲下"其实"两个字时，才惊奇地发现"其实"与"不然"是连在一起的，冥冥之中早已告诉我：我的"其实"是"不然"。但是，我不知道生命的最真实到底是什么。我相信：有一天，我肯定会知道的。

其实，不然。

"净化之夜"闻梵音

一位在世间生活的凡夫僧，总是有许多习气，对于音乐，我生来"细胞"不多、五音不全，可是我很喜欢欣赏音乐。每当学习感到疲劳时，我便打开录音机，让那流动、轻柔的旋律在小屋内飘荡，心中便多了几分感悟。在音乐中，我感悟着生命，体验着生命的美丽。很多人都说宗教与音乐有很多相同之处，我想这就是我喜欢音乐的原因吧！

当我坐在人头攒动的音乐厅中，静静地欣赏着自己每天都在唱诵的梵音，心中涌起阵阵感动，原来我们每天上殿念诵的梵呗竟是如此优美、动人，我第一次有这种体会。在这个文明的现代殿堂中，莫扎特、贝多芬等世界音乐大师的旋律仿佛还在大厅中回荡，而演奏具有悠久历史的中国佛教音乐，还是第一次。许多人来了，尤其是许多蓝眼睛、白皮肤的外国朋友，其中很多都是带着全家老少一齐来，也许人们都在期待着佛教的智慧能给烦恼的人生一丝清凉、一点安慰。

中国的传统音乐，实际上包括民间音乐、文人音乐、宗教音乐和宫廷音乐。中国的佛教音乐，不但是中国传统文化中的重要组成部分，而且是中国古老文明中最具历史价值与艺术性的文化遗产。它，典雅古朴，丰富多彩，其中既有殿堂音乐的庄严神秘，又有民间法事音乐的清幽淡雅。许多聆听过佛教音乐的人都有"此曲只应天上有，人间难得几回闻"之感。而在今晚演出的两支佛乐团——拉卜楞款藏传佛教乐团和北京佛教乐团，以前曾听过关于它们的多方面的报道，然而现场聆听它们的演奏是第一次。

人有时也许需要跳出自己的圈子，重新审视自己，才会明白自己。《戒定真香》，我们几乎每天都在吟唱，当用平常的法器再加上北方民间的一些乐器，庄严的旋律中便流露出佛教徒对三宝的虔诚。平常那些只知道和尚念经可是从不知和尚在念什么经的人们，一下子被慑服了，一个现代文明的音乐厅俨然成为一个在做音声佛事的道场。人，有时需要一点氛围，它能激发一个人的感情。

汉传佛教音乐中自然有出世与入世的内涵。出世，如清风明月，如林海松涛，闲云野鹤，逍遥自在。这是红尘不到的深山，没有故事，没有沧桑，所有生命中的纠纷、热恼与无奈，都化为一缕轻烟，悄悄地消逝在静寂的长空中。所有的法器流出的音符，无不给人以智慧的启迪，使每个人都能领会到超越自我、超越时空、超越生死的泰然。

入世，是一个觉悟者的悲情，"好将一点红炉雪，散作人间照夜灯"，这是智者在悟到世间的真实相后，以入世的大悲再回头告诉世人："此是苦，汝应知；此是集，汝应断；此是灭，汝应证；此是道，汝应修。"管子里流出的低吟，如花在轻诉，在轻诉着生命的悲情、入世的忧喜。

雪域之音，自有雄伟与低沉处。其雄伟处，摧山搅海；其低沉处，扣人心弦。喇嘛口中吟出的经文，虽然大家都听不懂，但是热烈的掌声回荡在音乐厅内。以前，我只是仰信"梵音海潮音，胜彼世间音"，但是今天我是真正地体会到了。经声如波涛般涌来涌去，起落有致，浸淫其中，不需言语，不必深思，心头就油然荡漾着一股莫名的感动。大号奏出的高音，将我们带进雪域高原，在悠悠的蓝天白云下，是庄严与崇高的布达拉，一座座宫殿顶部的喇嘛灵塔、宝瓶、经幢等鎏金饰物在阳光下闪着金光。号子的声音无比巍峨、雄伟、神圣、庄严，抒发着藏族同胞对佛的虔诚与尊崇。虽然高原冰雪严寒，生活艰辛困苦，可是人们却用坚定的信仰、顽强的意志、无与伦比的毅力来支撑自己的生命，于是奏出无比雄壮的生命之歌。

无需太多的语言，每一个音符都奏出了人世间的追求。无论是黄皮肤黑头发，还是白皮肤蓝眼睛，都会理解其中的内涵。因为，作为人，大家有共同的部分，那就是心，心是相通的。

今夜，是一个净化之夜，清幽、典雅的佛教音乐会让浮躁、繁忙的现代人多多少少感受到一些难得的清净与安适，甚至让一些困惑、寂苦的心灵得到慰藉与升华。在大都会的音乐厅听到古老、神秘的佛教音乐，用佛教的话来讲，这是一种难得的缘分。

安详轻扬的梵呗终归沉寂，曲终人散，但不散的是每一个人心中的梵音吧！在灯红酒绿的繁华大街上，我的耳畔总是回响着悠扬的梵音，只觉得一种感动与庄严。这清幽、柔美的梵音让我体会到一点人世间的真实、一点生命的欢喜，从此，它将伴我走过无尽的天涯。

活着就是一种美丽

　　清明是祖先聪明地为我们设置的窗口，可以让生者和死者在这里相视对话。在细雨蒙蒙的春天，在绿草幽幽的原野，喧嚣浮躁的现代人暂时安静下来，聆听先人的声音。

　　我们在野草丛生的墓地前，轻轻地拔掉那些美丽的小野花，然后培上一些鲜土。有时，不知先人感受的后人，会在宁静的原野上放一些鞭炮，我不知那些在黄土下面安息的祖先是否喜欢这样的打扰。我们在走动、沉默、追思、悲伤，因为我们还活着，有感觉，会思想。对无可逃避的死亡的疑惧，变成了内心涌动着的对生命的敬畏和感激。

　　有时，望着那静静卧在土下的亲人，那些尘封的回忆便悄然袭上心头，那些快乐与悲伤的日子仿佛就在昨天。我们有时会不安分地猜测、评价逝者：他这一生算得上幸福吗？甭管怎么说，他算是没白活！唉，才活出些滋味来，就……

于是，我们明白价值和意义原来并非虚构。哲人说，如果你不明白死亡，就不明白生命是什么；又说，活着并不重要，重要的是为什么活着。其实，在有限的未来生命中，我们目前需要探索的只是活着，在活着的时候做一件件生前死后都将无憾的事，在无限的宇宙、无限的时空和无限的未来之中，走完属于自己"活着"的那一小段历程。

其实，活着本身就是一种美丽。生命自它诞生的刹那起，就在与死亡做一生的搏斗。生与死，常常只是一线之隔，佛说：生死呼吸之间，一口气不来，即成来世。有时候，生命之灯的熄灭易如拍死一只蚊子。对于许多英年早逝的人，我们除了回忆他们的聪明与才智以外，更多的只会叹息：他要是多活几年就好了。其实，不是多活几年的问题，而是几秒钟的事情，如车祸的发生，虽然我们在生与死之间奋斗了几十年，可是却失意于几分几秒之间。

我们如果这样想，便会觉得活着真是一种美丽，真是一种幸福，便会觉得活着的每一分钟都是不容易的，其实活过的每一轮都是值得庆贺的。因为，在生命之旅中，我们战胜过无数次疾病，躲过无数次车祸及其他每分钟都可能飞来的"横祸"，才有平安、健康、幸福的我们。这样想的时候，你或许觉得有点"阿Q"，不过，谁又能说这不是生命的"真实"呢？

生命其实也十分简单，我们都是握拳而来、撒手而去。我没有见过"握拳"的婴儿，听说那雪白粉嫩的肉拳，在清洗的时候，掰也掰不开；"撒手"的老人，也许是在冥冥之中总企盼能带走一点点，最终的现实仍是撒手，于是"撒手尘寰"便成为一种真理，谁都了解，谁都是无奈的。人不可能永远地活着，生命从它诞生的那一刻起，便一步步地走向死亡。死亡是必然的，然而最重要的是面对死亡的态度，那就是坦然地走向死亡。那就需要在生的时候能够知道无愧于生命，能够体会到活着就是一种美丽。

如果你能时时刻刻地体会到生活的美丽，你也就能坦然地走向死亡。

一夜的美丽

那是一种毫不起眼的花，被懒散的我们扔在一个毫不起眼的角落里。也许，只有那个角落才与它相配吧。一座红墙剥落的老房子，露出里面的土色，门窗上布满了尘土，一种岁月的回忆充溢在老房子周围。我也不知道房子里放了些什么，只能从模糊的窗户里看见里面全是各种柜子，后来才知道那些其实是房山石经的拓片。

老房子的门口有一颗珊瑚化石，不知充满疮孔的石头是否还能记住曾经在大海的岁月。然后，便是一道拱形的门，是到藏经楼的必经之处。无论是谁，当他走到这里时，他都会有一种"曲径通幽"的感觉。

那种不起眼的花就被放在珊瑚化石的石座下，上面沾满了尘土，我们从来不给它浇水。住过一段时间后，有法师告诉我，那是昙花。我当时真的有点不敢相信，那种在经典里经常出现，所谓的"优昙跋罗花"竟然就是这个样子。从此以后，我就开始对它有种好奇的感觉，一下子似乎亲近了许多。

根据佛经的记载，昙花产于喜马拉雅山麓、德干高原及斯里兰卡等地。树干高三米余，叶有二种，一种比较平滑，另一种则比较粗糙，长度有十至十八厘米，尖端细长。雌雄异花，花托大者如拳，小者如拇指，十余个聚生于树干，虽可食用而味不佳。

根据慧琳《一切经音义》卷八记载，昙花为祥瑞灵异之所感，是天花，为世间所无。如果如来下生，以大福德力故，才能感得此花出现。因为它稀有难遇，故佛经中以此花比喻难值佛出世。昙花开花时，因为隐于壶状凹陷之花托中，故常被误以为是无花植物，由此而产生各种传说。

印度从吠陀时代到现在，一直用昙花的粗叶作护摩木，也就是作为祭祀时的薪木。佛教中，过去七佛成道的菩提树各有不同，优昙跋罗树是第五佛拘那含牟尼如来成道的菩提树。

自春入夏，人花无语，岁月无声，昙花只有偶然翠绿，显示出它生命的力量。新叶缓缓地从旧叶中长出，叶片上的黑斑渐褪，有一种雍容气度、一种浓郁而清新的自信。我有时给它浇点水，无事时静静地注视着这棵充满神奇的植物，仿佛在聆听着灵山上拈花微笑的佛陀的遗音。

有一天，当我拖着疲惫的身体从远方回到宁静小屋的时候，意外地发现昙花已含苞欲放了。一种惊喜感蓦然袭上心头，旅途的辛苦一下子便减了许多。看着默默的花，像久别的人，连忙给它浇水、松土，心中盼望着早日相见的消息。

昙花的生命只有一夜，是最初的一夜，也是最后的一夜。那是一个月夜，一轮皎洁的明月悬挂在高空中，天空很深，很高，很蓝。那个角落充满神秘的感觉，那间老房子有种不可捉摸的深沉感，那斑驳的土墙在诉说着历史的沧桑，那珊瑚化石在回忆着几千万年前大海的岁月。只有那株昙花，在无悔地开放着。洁白花朵，如冬天雪夜，它踏着绰约的步伐，漫步而来，从灵山而来，从雪山而来。它以缓慢的节奏，进入生命的最灿烂点，也是最颓废点，没有一丝保留。

在这样一个寂静无人的深夜，它与黑夜一样，一样地深沉，一样地隐秘。一颗聆听的心，在这样的深夜，聆听着一种孤独的声音。它避开了白昼的喧嚣，舍弃了百花齐放的热闹、冷清、无悔地绽开着。一种淡淡的幽香，清雅、自在，弥漫在四周。它在无语地说法，告诉这个世界：生命，只有一种花，只有一种香，永远没有重复，永远不可再来。

生命是短暂的，对于昙花来说，更是如此。它已经带着英雄的疲惫，它的笑容渐渐萎缩。雪白如银的花瓣，变得苍白了，只有隐隐约约的风骨神韵。这就如那张伤心的脸，站在那高高的台阶上，有一种无法回转的伤心。

对于拥有的生命来说，这一生，无论什么，我们只有一次，无法重复，不可再来。许多灿烂的时光，如这夜的昙花，最灿烂的时候也就是最颓废的时候，生即是死。不知道昙花是否知道自己是幻现的，而看花人也有如幻梦，为花，为生命，而彻悟无常。

感悟无常，并不是要我们感到无奈，而是要令我们奋发。因为生命不可重复，无法再来，我们只好努力把握好当下，无悔地生活。生命如今夜，留下的记录，只有天上的月、夜、花。

寻找苦难的净土

在《维摩诘经》中，佛说了一句非常有名的话，"若菩萨欲得净土，当净其心，随其心净，则佛土净"。当时，舍利弗对佛陀的佛土生起怀疑，佛陀便回答了舍利弗的疑问说："舍利弗，众生罪故，不见如来国土严净，非如来咎。"佛陀以足指按地，顿时三千大千世界便成清净国土。

我们见到这个世间的沌秽，生起一种厌离心，从而希愿往生到没有痛苦的极乐世界。净土与地狱是相对的，人们都在寻找那种充满快乐的净土。但是，地狱却不必在死后才看到。比如我们看看阿富汗，在战乱之中，到处是残垣断壁，人们流离失所，没有水喝，没有食物吃，那不是人间地狱吗？当然，这个世间会有一些相对的快乐。但是，有相聚的快乐，便有别离的痛苦；有相爱的快乐，便有愤恨的痛苦。

人世间之所以能够维持种种的不平，是因为世人有最公平的事情，那就是每个人都会死。无论你多么富贵，多么美丽，多么才华横溢，死都是免不了的。畏惧死，才有宗教；知道死，才会尊重生命；珍视生命，才会把握光阴；把握光阴，才能有更大的成就。

因为死，我们知道了生命的局限性，所以我们才会更加努力地把握当下每一刹那；因为死，我们才知道生的可贵与快乐。既然我们已经生而为人，为什么就不能把握这难得而又可贵的生命呢？虽然这个世间有许多黑暗，但是光明仍然在等待着我们。

许多人为了求生净土，而行种种善事。善事是我们本来就应该做的，就像许多人在遇到一位乞丐时，如果先考虑他是真的还是假的，那么他就不会布施给他了；或者想着给乞丐钱对他会有什么好处，那么同样也不会行善事了。

人生的遭遇、世俗的毁誉都是无法计较的，祸与福都是在相对地转换。世间的许多"法"，都是我们人为规定的框框，真正的"法"，应该在我们的内心世界里。所以，其实世界都是在我们的心里，无论是痛苦还是快乐，都是我们的心变幻出来的。

既然如此，世间的一切都是我们应该去面对的，去承受的，那有什么理由逃避呢？《浮士德与魔鬼》中有句话说："我有入世的胆量，下界的苦难，我要一概承担。"这正是经过"魔界"的苦难，才会达到"佛界"的快乐。祖师不是说过吗？——"随业消旧障，更不造新殃"。

　　我们怎么知道自己过了一生？留在我们脑海里的，其实都是一些苦难的影子。记得自己小学的时候，经常被老师留在教室里，重复写上几百遍的字；有一年除夕时，从平台掉下来，昏过去四个小时，差点死掉；无数次生病的痛苦；出家时，经常挨老和尚骂的情景；佛学院毕业时，那种生别离的流泪伤感；在南京时，手被刀割后的不便⋯⋯

　　快乐是短暂的，而痛苦却是永久的。我们丰富地过了一生，不是因为有太多的享乐，而是由于我们有许多苦难。而这些苦难，在我们的挣扎下，都过去了，而且在记忆中升华，成为一种美丽的"彻悟"。

　　那种没有任何痛苦的净土，不失为一种修学的途径。但是，如果我们在苦难中体悟，在苦难中寻找快乐，那应该是捷径中之捷径吧？所以，我愿意寻找一个苦难的净土。

触摸大地

　　一位法国的现代禅师将五体投地的拜佛方法称为"触摸大地"，听到这个名词时，我的心中生起无比的感动，为这个名词而感动。于是，便将这份感动化成一种力量、一种实践。所以，在红墙斑驳的殿堂中，现出一幅动人的人间景象：静静地合起双掌，举至头上，然后缓缓地将双手往下移，至前胸便往前伸去，整个身躯随着双手缓缓地扑倒在地，双掌往上翻，朝前伸去，静静地用全身触摸着冰冷的大地，一行热泪突然涌出来……

　　在静静的感受中，不含有半点的造作与勉强，把自己的头深深地埋向那冰冷的大地，去礼敬佛陀的双足。在静静的触摸中，高贵与卑贱、富足与贫穷、傲慢与怯弱，都失去对待，都是平等的；在大地的上面，国王与乞丐、智者与白痴、英雄好汉与无名小卒，都是平等的；在佛陀慈悲的微笑中，快乐与悲伤、幸福与苦难，都是平等的。

触摸大地时，宽广的大地将瘦小的身躯悄悄地融合，从而双手承接到那份力量，宇宙中最强烈、最伟大的爱的力量。因为这份力量，宁静的大地变得踏实了，从此就变得安详，变得宽容，犹如一个睿智的人，静静地观看人世间制造的一幕幕闹剧。因为这份力量，心中只有满足后的感动，不再挑剔，一切都变得那么协调，那么容易统一。

静静地触摸大地时，想起在菩提树下即将成佛的悉达多太子，魔王为了阻碍他成佛，想尽办法扰乱太子的甚深禅定，但是这些都不能动摇悉达多的决心。最后魔王绝望了，他走到悉达多太子的面前，希望太子能够举出自己成正觉的证据，太子温和地举起膝盖上的右手，指向前方，按触大地。

为什么悉达多要按触大地呢？因为，在无始的生死轮回中，他已经是无数劫以来的修行人，而目的就是追求最高的无比的觉悟，他的从前虽已过去，但一切的修行都在大地上留下证据，大地就是他的证据。魔王看到悉达多手按大地，知道自己已彻底失败了。

我们总是害怕此生的一切修行会因为时空的变迁而消失，所以总是难以生起真正的菩提心，难以忍苦修行，永不退悔。可是，我们眼前这一片沉默的大地就是我们修行的证据，我们在世间所行的一切都会在永恒的时空中留下证据，这是连魔王都畏惧的。一个人所行的一切，包括慈悲、智慧、修行、愿力，不会随着肉体的消散而没有了，而是会留下来，带到来生的下一个时空。生命就是这样联结起来的，无数慈悲与智慧的联结，正是通向成佛的道路。大地是悉达多太子成佛的证据，也是我们成佛的证据。

那么，我们触摸大地时，其实已经在大地上留下了证据。在静静的感受中，伟大的佛陀与我们同在，无数时空的修行人与我们同在，从此，在修行的路上我们将不会孤独，从而获得无比的信心与力量。佛陀触摸大地而成佛，我们也会因此动作而成佛。

我们每天都行色匆匆地在这片大地走过，可是我们从来没有去感受过这片大地，我们体会不到大地的温情与善感，不知大地的伟大，于是也就忽略了生命的当下。我只是想，如果我们放慢我们的脚步，缓缓地感受脚下的这片土地，那么生命的美丽与真实就在当下的举足与放下之中。

土地，以能生为义，又以所依为义。大地能生万物，又是万物所依靠，大乘经典将菩萨的修行分为十地。于是，祖师常常教我们要以大地作为我们修行的榜样，学习大地能生一切物，能载一切物，能容一切物。生一切物，而不执著一切物，从不将物据为己有；载一切物，是大小兼收、净秽一体，而无取舍分别之见；容一切物，听人污秽毁凿，寂然不动，而无厌恨嗔恚之念。

佛经常常将佛法称为"心地法门"，就是要我们向大地学习，净化我们的心。原来，佛陀在菩提树下沉默指按大地的一刹那，所按的不仅是面前的大地，而且也是心的大地。我们所行的一切，都会在自己的心地留下痕迹，一个人修行是否能够成就，也只有自心知道。大地是我们修行的证据，其实只有"心地"才是我们真正的证据。

我们不仅要在静静的触摸中，去感受生命的真实与温情；更要用我们的心，去学习大地的宽宏大量。从我们的心灵最深处，发起一种愿力，一种上求佛道、下化众生的心，养育众生而无执著，兼收并蓄，听人污毁而不动，真正地摧毁一切顽固的分别与执著。

在静静的触摸中，感受着生命的真实与美丽，感受着世间最伟大的力量；在静静的触摸中，一切的信心与愿力都在升华，一条通往正觉的道路正在延伸……

午后偶感

寂静的午后，大地充满了平和的景象。夕阳的光辉如缕缕薄纱，轻轻地覆盖着大地。天地间一片空寂，偶然的几声鸟鸣，宛如天乐鸣空一般，划破了这一方清宁，同时却又轻叩着最寂静的心相。

徜徉在古老寺院的庭院中，望着晚霞轻轻地托着落日，一心地擂着夕阳的悬鼓，传来咚咚的法音，密密地和成阿弥陀佛的圣号。一位清瘦的老和尚，手持着发光的念佛珠，沧桑的脸上充满安详与宁静，缓缓地经过佛殿的门前，夕阳正好将他重重地包围，于是出现了人间最动人的景象。

人生也许只有寂静的此刻最为真实、最为平淡，也最为美丽。轻轻地提起脚步，保持心中那一片清明，天地之间的那一股宁静的觉受，在清凉的悦乐之中，法尔如是地安住在不动的三昧禅境中。灵山不在远处，只在此处，只在心中。

　　世间万物都是缘起幻灭，单单只是提醒自己：美好的事物终究会消失，幸福终究会结束，红颜毕竟会老去，英雄毕竟会白头。人生自古谁不是这样呢？只是作为凡夫的我们，常常执著于眼前的一切，往往也是因为没把事物必将起亦灭放在心上，所以只见刃上的蜜，没看见蜜下面的刀锋。在《景德传灯录》卷一中记载着一首偈子：

　　　　假借四大以为身，心本无生因境有；

　　　　前境若无心亦无，罪福如幻起亦灭。

生命的真相就是如此，看清真相后，如何抉择生命的情调，那是个人的决定。只是，我想，如果让我选择，那将充满浪漫与温情，因为生命的无常，本身就是一种美丽。

品味自己的人生

我喜欢爬山，喜欢站在高高的山峰上，看着山下红尘滚滚的城镇、努力往上爬的车辆，心中总会有种超脱的感觉。有时回望着来时路，自己都会觉得奇怪：这是我刚才走过的路吗？随着山峰高度的升高，视野开阔了，心胸也不同了。

其实，眼前的一切都没有变，但在我们的眼中，却是不同的。因为站得越高，心胸、气概都会不同。我们没有办法决定山的面貌，可是我们可以决定自己的视野。

人世间的许多事情，也是一样。许多人宣称自己已经看清事物的真相，但是那有可能是站在一百米的高度；如果有一天他站在一千米的高度，就会见到更真实的真相。

每一个人都会去评论别人，也都会被别人评论，可是一切的议论都是议论者自心的意识所影射出来的，并没有多大的真实性。所以，若有一天我们不小心成为别人评论的对象，最好的办法是站在自己的高度，能够俯视那些芸芸众生可怜的身影。

这个时代，我们没有办法阻止别人的评论，他们用太多的时间去议论别人，却从来不思考自己；他们想方设法地去窥探别人的隐私，却很少花时间去观察自己，很少能够揽镜自照；他们会去品评别人的生活，却不会品味自己的人生。

山永远都不会变，横看成岭侧成峰，有时在我们的眼中，它是如此高峻，有时却那么平缓。无论我们怎么看，山都不会改变原来的姿态。我们的生命过程也是一样，我们都是生命的匆匆过客，有好有坏，时对时错，或是或非，本来也不必一一列明。如果老是在那些过去的是非中纠葛不清，思绪就不会安宁，那么便只会白白地浪费自己的生命。

有时，我宁愿活在自己的感觉中，而不愿生活在别人的眼光中，用别人的标准来衡量自己的人生，以别人的是非为是非。其实，即使我做得再好，也无法阻止别人来指手画脚。我总是举佛陀为例子：释尊的福德与智慧都已圆满，人格已经获得最高的升华，但是仍然有许多外道不断地毁谤释尊。

所以，我可以自在地品味自己的人生，蜗居在斗室，面对电脑敲个疯狂，然后可以在车水马龙的繁华大街上也疯狂一回，让那些好奇与诧异的眼光都落在自己的身影后。累的时候，可以拿出一张排箫的音盘，让那空灵的声音带走一切的烦恼，让自己沉浸在高高的山谷或者在一片荒废的古城里，一首断肠的乐曲飘荡在周围，紧紧地裹住孤独的我。有时，可以静静地漫步在林中小径，让晚风带走繁乱的思绪，让那颗狂心也能平息下来，真正地体会一下生命的美丽。

美丽的生命是温柔，而不是激昂万分；是真诚的感动，而不是毫无意义的无休止的辩论；是发自内心的抒情，而不是毫无目标乱加评断；是宽容，而不是怀恨，因为没有真正的敌人；是祝福，而不是诅咒，因为这样只会降低自己。

以前，我喜欢选择人生里自己最喜欢的那一部分，也不断地构想着那美丽的片断。我更梦想，自己能远离一切成长的痛苦，远离一切努力的奋斗，远离一切悲伤的眼泪，自己的人生永远只有笑声，而没有任何悲叹。

可是，对于现实，我没有办法选择，现实只会将我的梦想一点点地击破，成长的过程总是伴随着眼泪。现实是无可奈何的，可是，我可以改变自己的心态。所以，我逐渐知道生命并没有一个结局，每一个结局都是一个新过程的开始，美好的过程可能会带来悲惨的结局，而痛苦的过程说不定会带来幸福的结局。

所以，我可以品尝每一个成长的过程，无论是痛苦还是快乐。我对自己的前途的平淡态度，令许多人不解。其实，前途永远是渺茫的，而最好的办法只有正视每一段生活的历程，努力地生活在当下，对于每一段因缘都能善于珍惜与把握，那么便不会怨对过去，不会怀忧未来。可以静静地慢慢地品味自己的人生，可以在每一个过程中，慢慢地看自己长大，那便是人生最大的快乐。

　　无论如何，那都是一个真实的我，一个有血有肉、有哭有笑、有情有义的凡夫僧。我希望自己能够真实地活在世上。

自在观音

住在观音殿的旁边，能够跟观世音菩萨成为邻居，是一种难得的缘分。

每天我都会多次经过观世音菩萨面前，有时会进行礼拜瞻仰，用自己虔诚的心跟观世音进行心与心的交流。在所有的佛、菩萨中，我最喜欢观世音菩萨，与观世音菩萨最有缘。

十几岁时，我便在福建省福鼎的昭明寺看见过观世音菩萨显圣像，她骑在一条龙身上，显得那么慈祥与庄严，从此，那种感觉一直印在我脑海中，永远都不会忘怀。自从出家以来，一直持大悲咒，感受着观世音菩萨对我的加持。受戒于普陀山，那是一个观世音菩萨道场，记得那些日子里我每天早上都到千步沙上看日出，听海潮汹涌，倾听着观世音菩萨的梵音；黄昏时，则漫步在海滩上，感受观世音菩萨所给予的温柔的加持力量。自己与佛教的因缘中，观世音菩萨占据着太大的比重了。

观音殿里供着各种各样的观世音菩萨，有送子观音、准提观音、海岛观音、圣观音、千手千眼观世音等各种塑像，还有我最喜欢的自在观音。自在观音与一般正襟危坐的菩萨不同：她的左腿盘起来，静定如湖面上的一片荷叶，她的右腿伸向前去，伸展如初开的莲花。她的坐姿极其随意自然，两手自在地放在膝上，眼神看向极远极远的地方。

观世音菩萨是慈悲的代表，她以无限的慈悲关心着世界的每一个众生，当有众生遇难时，她都能寻声救苦。自在观音的右脚代表着慈悲，因为菩萨永远时刻以众生的痛苦为自己的痛苦，所以她才可以"千处祈求千处应，苦海常作渡人舟"；她的左脚代表着智慧，不管处在多么乱的世界，她都可以动静一如、安住不乱，所以她才可以"三十二应周尘刹，百千万劫化阎浮"。

每次经过自在观音像前，都会涌起一阵感动，我会告诉她我心中的一切——人生的辛酸苦辣、世间的悲伤与快乐、佛道上的喜悦与困扰。她仿佛慈母，用温情的双手安抚着我这个流浪的孩子；仿佛朋友，静静地听着我的诉说，给予无限的理解与支持。每次有重大的决策时，观世音菩萨总是最好的亲人，我都会感受到她对我的帮助。

每次在她面前停下来，在她身边静静地待一会儿的时候，身心就会像经过一次洗礼，充满着安静与淡淡的喜悦。我仿佛觉得她与我一起流泪，一起微笑，与我一起走向清净与解脱。此岸与彼岸，本没有绝然的界限，观世音菩萨却站在此岸与彼岸的边岸上，永远用一双慈眼注视着我们这些在生死乡流浪的孩子。

记得那年大雪纷飞的冬天，我孤身一人在全国最高学府——北京大学参加研究生入学考试，是观世音菩萨陪着我度过那段痛苦的时光。因为有了她，在寒冷的冬季，我不会感到寒冷，不会孤独，只是静静地感受着她所给予的无限力量与安慰。

因为菩萨打破了内外的分别，打破了自我与众生的界限，甚至打破了想要独自解脱的心，才使得菩萨与我们这样亲近！

自在观音的坐姿会令人生起无限的启迪，她安住了自己的心，有如山林一样宏伟而宁静；她发愿普度众生，从而使宁静的山林有了阳光、微风，以及鸟雀的歌唱，使山林充满了活泼的生机。

我想起玄奘大师，这位只身前往印度取经的高僧，在危难时，他就是念着"观世音菩萨"，渡过一切危难与考验。在那荒无人迹的沙漠，我想他一定能感受到观世音菩萨所给予的加持，因为有了观世音菩萨，他便不会孤独，不会痛苦，而以坚强的毅力，一步一步把经典背回中国。

一切观照内心的历程，都是为了自在。

一切观照内心的自在，是为了众生都能自在。

就这样

2000 年 10 月，我到湖北开一个禅宗会议。会议后，便游访了武汉名刹——归元寺。在归元寺的客堂里，看到有一幅昌明老和尚所写的中堂，只有三个字——"就这样"，挂在大厅里，透出无比苍硕、浑厚的笔力。当时只是觉得好玩，总是不断地念叨着，"就这样"，"就这样"。啊！太简单了，似乎又蕴含着无穷的意思。但是，究竟是什么意思，却有一种难以言说的感觉。

有一天，我看一本日本禅宗方面的书，讲到日本的白隐禅师的故事，想起"就这样"三个字，颇受启发。白隐禅师所居住的禅寺附近有一户人家的女孩，因为跟村里的一个男人谈恋爱，结果不慎怀孕了，而那个男人却吓得远逃到外地去了。女孩的父母大为愤怒，一定要女孩说出那个"肇事者"，女孩无奈就用手指了指寺院，然后说："这个孩子是白隐的。"女孩的父母于是跑到禅寺找到白隐，又哭又闹。白隐明白了怎么一回事后，没有做任何的辩解，只是淡然地对女孩和她的父母说："就这样吗？"孩子生下后，女孩的母亲又当着寺院所有僧人的面送给白隐，要他抚养。白隐接过婴儿，开始了漫长的照顾、抚养的生活。他每天抱着婴儿到村里乞食，总是受到村民的戏弄、辱骂，而他总是默不作声地承受这些污辱。几年过后，孩子也长大了，孩子的真正父亲也从外地回来了，向女孩打探以前的亲骨肉。那位女孩便告诉他，因为无力承受压力，便说是白隐禅师的。两人受不住良心的折磨，跑到禅师那里，向禅师忏悔、赎罪，白隐仍然平静地说："就这样吗？"

"就这样吗"，轻轻的几个字，包含着多少的威力和内涵！什么样的魔墙不坍塌？什么样的利刃不钝折？什么样的操行敢与之齐肩？

但是，如果变成"就这样"三个字，天地似乎又一变，境界又迥然不同了。那是一种简单的回答，而又显得无比干脆、利落，一种桶底脱落后的淳朴，一种天性真心深处的自然，一种直下承当的勇气与意志。

面对诋毁和陷阱，有的人畏惧，有的人抗争，有的人处之泰然。更有的人不闻不问，依然故我，一副闲云野鹤之态：风来拂面，不着痕迹；雨来刷身，不觉清凉。合目独立，内心一片湛蓝，一天的湛蓝。

世事沧桑，总有许多不幸降临到我们头上，有些甚至是莫须有的。所以，很多人学会了明哲保身，小心从事。但是，总有些人不会这样，不做水底的鱼儿，一方面要巧妙地躲避大鱼的袭击，另一方面又要偷闲自由自在地游弋；而做海底的礁石，固守住心中炽热和坚硬，让时间去考验，让沙浪来淘洗，等到所有的水退去，露出的才是自己真正的本色。

　　"就这样吗?"，显得无比轻柔、无比平静；"就这样"，又是如此简单、干脆。这都是大智，前者是一种慈悲心，而后者则是一种大愿力、大勇气。二者都是大智，都是佛智，无有能及。

灵山一会

图：印度菩提迦耶

红炉白雪：一位"痴人"的心

——读印顺导师《华雨集》（五）有感

佛法的缘分真是不可思议，有些人虽然从未见过面，我们却能与其结下深厚的法缘——我与印顺导师就是这样。出家后不久，我便接受师父的指导开始学习佛法，而最先系统阅读的书是导师的《中观今论》与《中观论颂讲记》。从那时开始，便一直不断地拜读导师的著作，从中汲取思想的营养。导师以流畅的文笔、深入浅出的说理，带着深深的宗教感情的笔调引导我进入一个真实的世界——佛法的世界。他以菩萨的悲心，提出契理契机的"人间佛教"，使我明白身为佛子的重任与义务。

无论是阅读《妙云集》，还是阅读那些装帧精美黑色封皮的专著如《中国禅宗史》《初期大乘佛教之起源与开展》等等，都不由地生起一种惊叹：导师的思想确实博大精深，确实独具新意。但是，读懂一个人很难，就如在黑夜中要读懂一颗星星，它似乎离得很近，却又很远。直至读过导师的《华雨集》第五册，这才觉得自己似乎对导师有了一点认识。

《华雨集》第五册主要收录一篇《游心法海六十年》及一些小文章、一些答别人提问的信，从中我们可以了解到一位被称为"现今真正能为中国佛教的未来说几句话"的老人内心世界中的一些真实感受，可以知道其实导师也是一位很真实的老人。他在《游心法海六十年》的文末总结自己说：

> 我有点孤独：从修学佛法以来，除与法尊法师及演培、妙钦等，有些共同修学之乐。但对我修学佛法的本意，能知道而同愿同行的，非常难得！这也许是我的不合时宜，怪别人不得。不过，孤独也不是坏事，佛不是赞叹"独住"吗？每日在圣典的阅览中，正法的思惟中，如与古昔圣贤为伍。让我在法喜怡悦中孤独下去罢！

我读这段话时，仿佛觉得他老人家就坐在我的面前，用慈祥而又略显沉重的语调缓缓地叙述着自己的一生，又像是一位老人在絮絮叨叨，他真实地走进了我的心中。以前，也许大多是爱发感慨吧！而今天，才明白什么叫作"曲高和寡"，什么叫作"自古圣贤多寂寞"。好顺潮流的现代人，大多提倡"识时务者为俊杰"，而导师却以坚定的信念逆着潮流艰难地跋涉着。我想起孤峰峭壁上的松树,它孤独地傲立着,虽然比在平地幽谷中的同伴多受风雨的摧残,可是它也接受了更多阳光的爱抚,飘荡的白云与蔚蓝的天空整日都与它做伴。一位不畏艰难的爬山者登上山峰时,发现一棵孤松在静静地等着他,那时他是多么欣慰啊!

所以,我想,孤独者永远也不会孤独。亚里士多德说:"孤独者不是野兽便是神灵。"现代佛教与社会需要神灵的孤独者,导师在一次演讲中说道:

> 我这个人,生来是不太合时宜的……我在原则上,带点书呆子气,总是以究竟佛法为重。自己这个样子,能够怎样发展,能够得到多少的信众,我都不考虑。这许多就是我学佛的动机与态度——甚至可以说是,我就是这样的人。

人类的进步都是因为那些不太合时宜的想法,同时代的人们总是斥之为"荒谬",而后代的人们却又证明"荒谬"论题的正确性。一生中很难能抱着这样一个信念——"我就是这样的人",但是反过来说,如果每位佛教徒对佛教的信念都能这样坚定,我们的佛教肯定会兴盛;如果每个人都有这样的骨气,我们的国家必定会发展。可是,现代人太不愿意孤独了,佛教徒也不愿意,于是那些"方便""随缘"便成为不如法的"如法"论据了。

人生几十寒暑，如果有人能对自己下这样一个结论——"我无怨无悔"，那么，我想，他是真真实实地走过了一生。导师总结自己几十年研究佛法的感受时说：

> 我不再怅惘：修学没有成就，对佛教没有帮助，而身体已衰老了。但这是不值得怅惘的，十七年前说过："世间，有限的一生，本就是不了了之的。本着精卫衔石的精神，做到那里，那里就是完成，又何必瞻前顾后呢！佛法，佛法的研究、复兴，原不是一人的事，一天的事。"（《说一切有部为主的论书与论师之研究》序）

这是一位老人经过半个世纪多的风风雨雨以及对佛法有深刻体会后所得出的人生哲言，对佛教徒，对每一个人，都是一种警策。对于人生，我们总希望努力向上，然而就怕找不到生命的制高点。因为生命毕竟是有限的，挑战是对生命的发扬，那么明智该是另一种美好的境界，是对生命的爱戴与尊敬。一个不懂得珍惜生命的人，命运会给予他惩罚的。

对于现实的佛教，无论是信仰者或是关心佛教的人，我们都不必抱怨，只要有一种"精卫衔石"的精神，佛教的未来必定是美好的。导师在《〈台湾当代净土思想的动向〉读后》的文末中说：

> 我只是默默的为佛法而研究，为佛法而写作，尽一

分自己所能尽的义务。我从经论所得到的，写出来提贡
于佛教界。我想多少会引起启发与影响的。不过，也许
我是一位在冰雪大地撒种的愚痴汉。

佛教的发展需要每位佛教徒尽一分自己所能尽的义务，如果
您是一位出家人，住持佛法是您义不容辞的责任；如果您是
一位居士，护持佛法是您应尽的义务。我们不能互相诋毁，
我们需要理解与团结，我们要学习导师的"在冰雪大地撒种
的愚痴汉"的精神。导师，一位真实的老人，以他无怨无悔
的痴心去耕耘。在他的心中，只要有耕耘，必定是会有收获
的；即使是在冰雪大地，也有一颗种子在发芽，在茁壮成
长……

面对老人的"痴心"，我想起宋朝大慧宗杲禅师的一首题
为《赠别》的禅诗：

桶底脱时大地阔，命根断处碧潭清。
好将一点红炉雪，散作人间照夜灯。

我想，我们佛教之所以能在中国绵延两千年，正是无数的
"痴人"以那颗无悔的痴心孜孜不倦地努力的结果。禅诗中最
动人的是末后两句，"好将一点红炉雪，散作人间照夜灯"。
清凉智慧就如热烘烘的火炉上的一点白雪，在怨憎会、爱别
离的热恼世界中，显得那么微弱、那么单薄！可是，"痴人"

还是愿意奉献出自己的一切，把自己体悟到的一点智慧分享给有情人间，成为照破无明黑夜、指引生命出路的一盏明灯，这是所有"痴汉"的悲愿与温厚心意。

红炉白雪，在冰雪大地撒种，一位"痴人"的心，也是无数"痴人"的心。他们都是智慧的"傻瓜"，在火炉般的红尘中做一点清凉的白雪，化成水，化成泪，也在所不惜。我，在期待着更多的"痴人"的出现。

无尽的叮咛

您终于走了，走得那么安详，那么平静。您睡着了，永远地睡着了。您终于能够回到阿弥陀佛的怀抱，实现您一生的誓愿。这几天，我一直担心如果您在佛学院放假后往生了，我便不能为您念佛，便不能实现我的诺言，因为我曾经许多次答应过您，在您临终那一天为您助念。现在，您终于让我能够实现我的诺言。

静静地站在您的遗体前，看着您稍稍张开的嘴角，仿佛您还在跟我谈话，与我交流。其实，有些事情应该让您知道，因为您最关心我，总是劝我应该留在中国，为中国佛教多做一点事情。我总以为等以后有机会再告诉您我自身的一些私事，可是您再也听不见了。其实，我应该了解您更多一些，向您多了解您那平凡而充满沧桑的历史，可是，一切都来不及了。

　　您终于走了，留下一句我永远都不会忘记的叮咛——"我走了，你还要听我的"。那是在您生病的前一天，您挂着拐杖，在观音殿前，对着正在读书的我说："圣凯，我可能不行了，我再也不会打你了，但是你要记住：我走了，你还要听我的。"在我跟您认识的日子里，您说得最多一句话是："圣凯，我已经跟你师父通过信，你师父叫我好好教训你。"生性调皮的我，总是爱跟您开玩笑，可是您很少打我，有时将手掌举得高高的，快到身体时，又停住了："过几天吧！过几天再好好打你！"有时您也会真的打我，可是那只是轻轻地拍三下而已。看着有点伤感的您，我轻声地说："老和尚，没关系，您现在还可以打我！"但是，那根棍子始终没有碰到我的身体。可是，我仍然是那么顽皮，我又要开始惹您生气："老和尚，如果您走了，我怎么能够听您的？"我问了许多次，您总是没有回答我，最后您着急了，举起拐杖，一边冲着我说："如果你不听我的，我还是要打你！"看着这个架势，我连忙求饶，好吧，您走了，我还是听您的。可是当时还是不明白，我应该怎样才能听到您的声音？

　　您终于走了，留下一句无尽的叮咛，让我去思索，去体悟。在常寂光净土中，您会告诉我吗？夕阳的余晖，正在向着您的窗前照来，晚霞托着落日，如悬挂在空中的圆鼓，播着密密麻麻的阿弥陀佛圣号。我相信您已经在佛号声中往生到西方净土，否则，为什么今晚的夕阳会这样美丽、温柔，大地会显得这么清凉？因为您的悲心湿润着这个灼热的世界。

　　我不知道，您是否怪罪过我的无礼与顽皮，碰到您时，我总欢喜在您的身上搞一个小动作，然后让您生气，您又会说要打我。有时，我也会静静地扶着您，漫步在庭中的小径上，听您讲佛法，讲法源寺的历史，还有您的一些经历，那时我觉得您像我的爷爷一样，和蔼可亲。可是，我们总是一对"老对头"，见面的时候多数是"硝烟滚滚"，很少有"风和日丽"的时候。所以，我后悔自己的无礼，应该多多地聆听您的教诲，多多了解平凡而又可爱的您。

　　后来，您生病了，我去看望您时，您仍然没有忘记我这个"老对头"，您可能是为了安慰我吧，轻轻地对我说："圣凯，你要好好努力学习，到时等我病好了，我还会打你的!"那几天，我也正在生病，您还说要带我去看一位您认识的大夫。

　　您可能已经预感到往生的日子，星期六那天，您让护理的居士们将您推出来，再看看法源寺，到大雄宝殿拜拜佛，与大家合影。您向我点点头，轻轻地叫了一声我的名字，我沉默地望着您，希望您能够真正地打我一次，真的为我消消业障。可是，一切已经晚了，您只留下一句无尽的叮咛。

　　刚开始认识您的地方是在大街上，您每天都有两三次到佛学院前面的南横街散步，拿着一串念佛珠，独自在街上慢慢地走着，心中在静静地念佛。有时，您坐在街道商店的门前，拿着念珠。于是，我便怀着一颗好奇的心去接近您，才知道原来您是这样可敬而又可爱。后来，您终于告诉我为什么要在繁华的街头念佛，那是为了能够磨炼自己的心性，使自己能够在闹中静下心来念佛，那才是真正的功夫。您生病的时候，我有时提醒您，要不要拿一串念佛珠，他充满自信地说："不用了，这是几十年的功夫，我现在脑袋十分清醒，正在念佛。"刚开始我总是放心不下，但这样反复几次后，我深深地感受到了一个纯情的念佛人对自己信仰的自信，那是平淡而又感人的。

我曾经很多次要陪您在街上走走，可是您总是要我回去好好读书。真的，我多么希望有一天，您能够带着我，去走走您曾经走过无数次的繁华街头，体会那种"坐禅何须山水地，灭却心头火自凉"的境界。可是您走了，我只好一个人去走，踏着您的脚印，触摸您那颗颤动的心灵，体会一位念佛人的纯情。

您终于走了，那平淡的语句、可爱的声音，却越来越清晰。宏毅老法师，您走了，我还是听您的，愿您在常寂光净土中，常常加被我。您要早日倒驾慈航，回入娑婆，继续来教化众生，那时我还是听您的。您走了，我还是听您的……

愿您仍然很"古怪"

说真的，全班除了我之外，没有人会觉得您不"古怪"。只要有人提起您，就会说："你是说，个子小小的，很古怪的那个吧！"可是，我觉得您很正常，您的人生观很独特，只是个性很强而已。

您不愿搭理别人，自己一个人拿着一个茶壶、一个收音机、一本书、一张草席，到大殿的走廊下，将草席铺下，然后便悠闲地度过自己的时间。您不懂英语，连 ABC 都有点困难，可是偏喜欢听英文歌曲，于是，那些世界有名的歌星如卡朋特之类的录音带都进了您的收藏架。有时，您会让我将歌曲的英文翻译出来，然后看着那些中文，塞起耳机，忘情地听着那些优美的旋律。我也会讥笑对英语一窍不通的您，那时，您便会诱惑我：听听！很好听！

买书是我们共同的爱好。星期六或星期天时，您就会约我到书店逛逛，两个人兴高采烈地买回一些自己觉得满意的书。您具有美术的天分，从来没有受过正规训练，却写得一手好毛笔字，居然也会涂涂画画。所以，我们俩便成为搭档，办成了佛学院的墙报。我们是创始者。我是文字编辑，负责内容方面；您是美术编辑，设计版面。这天晚上，经过办墙报的走廊时，以前那种快乐与默契不断地浮现在脑海中。

您对我很好，一直把我当成您的小弟弟，虽然我的个子比您高，但是在经历与经验方面，我总是不如您。因为您是我师父的学生，所以您总会因这层关系特别照顾我。有时，您会送我一些好吃的东西；如果有人欺负我，您便会打抱不平。有时，您会约我听听流行歌曲或者一些乐曲，看一些小说，总是不断地说：不要太紧张！轻松一点！

您确实有点怪，天下可能只有您会给自己取这样一个古怪的绰号——"阿修罗"。应该说，我是比较早发现它的，因为我经常在您的书架上翻书，刚开始觉得没有什么奇怪，但是后来发现所有的书上都签着这个名号。最终，我知道了，这是您的绰号。在我的毕业纪念册上，您写上充满怪味的一切：年龄——无量寿；性格——稀奇古怪；爱好——生命；毕业去向——寄情于山水之间。您给我所写的毕业留言，则显得比较"正常"："四年的同窗来自多生的因缘。可幸的是，我们都很好地珍惜了它！天地轮回，万物轮转，唯此殊胜的缘分地久天长、日月共鉴。君的风范实可做吾等学习的榜样。愿分别后的日子里精进不息，永向遥远的圣位攀登，风雨兼程，失意时别忘了来坐坐！"

您走了，走得也很"古怪"，太突然了，我们仿佛都觉得
您仍然在我们身边，发表着古怪的言论，表现着古怪的行为。
可是，那再也不可能了。我失意时，我到哪里去找您呢？让
您陪我喝茶，聊天。您毕业后，一个人住在广东的一座小庙
里，过着不知是天仙还是囚徒的生活，我不知您的感受。去
年冬天，您来北京玩，我们也只是在一起待了两天。我觉得
您变得非常成熟与平静，不再古怪，不再暴躁。可能，美丽
的山水与清净的寺院、精进的修行，使您逐渐地进步了。

我还记得那个美丽的冬天下午，夕阳的光辉泻入我的小
屋，充满着柔情与温暖。您突然出现在我的面前，我惊喜地
喊了起来，紧紧地拥抱，然后用拳头捅了您几下，互相对望
了很久，仿佛是久别的情人，搞得旁边的居士都有点不好意
思，您马上向她们解释了我们非同寻常的同学感情，那是我
最后一次见到您。

这天下午，给您打往生普佛，看着牌位上的相片，还是
很难接受：这是真的?! 英年早逝的悲剧，怎么会降临到您的
身上？您用冷漠的眼睛看着我，那种眼神已成为永远，它将
会一成不变地保存在我的心灵深处。在佛号声中，我的眼泪
悄悄地涌出，静静地流下，不知身在何方世界的您会知道吗？
我想到自己，想到自己也会离开这个世间，只是我不知是什
么时候。也许是明天、明年……

天心与明月
——从弘一法师到赵朴老

在人头涌动的灵堂前，静静地读着朴老的生平，感受着他平凡而又伟大的人格魅力。突然，一段话映入眼帘：

> 生固欣然，死亦无憾。花落还开，水流不断。我今何有，谁欤安息。明月清风，不劳寻觅。

一种感动袭上心头，渐渐地漫开了，充塞着灵堂。

我没有看过朴老的遗嘱，我不知这样可敬、可爱的智慧老人，当时是用什么心情来写自己的遗嘱的。后来，听别人介绍说，朴老总结自己的一生时，认为有两件事情最有意义：第一，年轻时在上海兴办慈善事业；第二，晚年提倡中、日、韩三国佛教界的"黄金纽带"关系。在相续不断的生命过程中，最难的是平淡与自然，如明月清风，本自无来，今亦无去。

从灵堂出来后，走在寂静的林荫小径中，小径的两边整齐地排列着长长的椭圆形的坟墓，有些墓碑刻着字，有些则空着。突然想起，自己死后会到哪里去？是否有足够的修行能够往生净土？还是因为愿力而在娑婆世界仍然从事着弘法利生的事业？于是，我对周围的法师开玩笑说："我不用回去了，你们就在这里给我念佛回向好了。"法师们都欣然作答，可是，我真有这么潇洒吗？

林荫道上，人渐稀少，耳边只听到小鸟在林中呢喃着，仿佛为一位世纪老人的逝去而悲哀。我突然想起弘一法师，他在临终前给他的挚友夏丏尊写了一封遗书：

丏尊居士文席：

朽人已于九月初四迁化，曾赋二偈，附录于后：

君子之交，其淡如水，执象而求，咫尺千里。

问余何适，廓尔忘言，华枝春满，天心月圆。

这两首偈后来成为弘一大师的名偈，传之久远。我最喜欢弘一法师遗偈中的两句"华枝春满，天心月圆"，这种境界其实是法性的境界，那样光明、清净、无远弗届。

后来，赵朴老写了一首诗纪念弘一法师：

深悲早现茶花女，胜愿终成苦行僧。

无数奇珍供世眼，一轮明月耀天心。

如今赵朴老已经回到他的常寂光净土中，在他方世界净土，他们两位如果见面，那又是怎样的景象呢？一僧一俗，两人有很多不同的一面，走过了人生的不同道路；但是也有许多相同的一面，同样在诗词、书法都达到很高的境界。尤其他们两位在临终前的遗偈，竟是如此相同，这该不会是一种巧合吧？还是说，二者之间有必然的联系？

"明月清风，不劳寻觅"，"华枝春满，天心月圆"，我们应该学习月亮的平等、无私、温柔、清净、广大与可亲的品质。我们要学习觉悟，看看自己的明月；若不能如此，在仰观明月之时，也会留下一丝遗憾吧！

弘一法师的最后遗墨是"悲欣交集"四个字，每次读此四字，有如在黑夜中见到晶莹的泪光。这是弘一法师对自己的生命最真实的体会，有种惊心动魄的感觉。其实，世间如梦、如云烟，非实，所以悲欣交集；因本来无物，悲欣交集，则美如烟霞。谁的生命不是悲欣交集呢？谁的情缘不是悲欣交集呢？弘一法师以此四字，写下了对人生遗憾与悲悯的最后注解。

叶圣陶先生曾作两首四言颂子赞叹弘一法师，这是对法师最好的注解：

华枝春满，天心月圆。其谢与缺，罔非自然。至人
参化，以入涅槃。此境胜美，亦质亦玄。

悲欣交集，遂与世绝。悲见有情，欣证禅悦。一贯
真俗，体无差别。嗟哉法师，不可言说。

我们能平安度日，固然应该欢喜，但在死亡时是否能无有
遗憾？在忧患时是否有颗感恩的心？如果能好好地过每一
天，那么临终时一定会无有遗憾，因为我们真实地活过每
一天。

如果能够在忧患时感恩，便能真切地体会到平安的欢喜。
在我们的生命里，悬崖断壁、污泥秽地、漠漠黄沙都是忧患，
但是在感恩里，却开出了幽兰、清莲、仙人掌花，如果能把
忧患之美移植，大部分日子就可以平安而欢喜了。

弘一法师与赵朴老，他们都是有足够智慧的老人，能看
穿时空的限制，知悉宇宙原不是所识见者这般渺小，所以他
们对于生死无所畏惧。因为他们都是在生的时候，好好地生；
所以他们在死的时候，能够好好地死，没有遗憾，走向生命
的圆满与庄严。

其实，我们人人都是这个宇宙中的老人，经过无数次生
生死死、死死生生，才在同一个时代投生到同一个世界里来。
我们已经足够老了，可是为什么我们没有足够的智慧来探知
我们生死轮回的宇宙？佛法已经给予了我们开启宇宙的钥匙，
为什么我们仍然在佛法的大门外徘徊？

　　无数的高僧大德如弘一法师、赵朴老，都给我们做了很好的榜样。所以，只要我们踏着佛法的大道，我们大家就都能成为有智慧的人，能坦然地面对无常，面对时光的流逝，甚至面对死亡。

出家与还俗

——写在一位法师还俗之后

　　他，一位非常正直而且才华横溢的法师，竟然要离开僧团，这对于我来说，简直是一个难以接受的现实。我知道这个消息后，那天下午，我们两人坐在房间里话别，深秋的阳光从窗户射进来，小屋里充满着柔情与温馨，而两颗心却凉凉的。两人面对面静静地坐着，我的眼眶红了，不知为什么。自从出家到现在，虽然有很多自己熟悉的法师还俗，但是却从来没有这样难过。为他？不全是。为自己，也为佛教。

　　他，是一位棱角分明的法师，他的性格使他在僧团中困难重重。他对佛教的虔诚与现实的差距，是他还俗的原因。因为他的性格，所以他得罪了不少人。佛教，是一个智慧的宗教，这个世界虽然不值得我们去虚伪地做人，可是我们需要一些包容与韬晦，忍让别人一点，原谅别人的过失，这样心中就会减少一些烦恼，也能和别人和睦相处。

还俗并没有什么过错，出家是光明的，还俗也是光明的。像我们中一些人，恐怕连还俗的勇气也没有，在僧团中浑水摸鱼，如狮子身上虫，自食自身肉，败坏佛教的名声。可是，对于一些难得的人才，我们总会感到几分可惜，佛教的事业需要一大批具有正知正见的僧材，少了一个人，就少了一分力量。

说出家是一件天下最大的难事，也许有点夸大其词，可是也并不过分。古人常说，"出家乃大丈夫之事，非将相所能为"，"黄金白玉非为贵，唯有袈裟披肩难"。作为皇帝都有这样的感受，可见出家并非易事。有很多人向我打听有关出家的事，我都劝他不要出家，作为一名出家人，其中的感受只有自己知道。并不是我希望别人不要出家，而是因为出家的路确实孤独难行，如果没有坚定的信心，没有清楚明了出家的目标与方向，是很容易走回头路的。跟我一齐出家的，跟我一起在佛学院读书的，已经有少数人离开僧团了，当然其中有一些外在的因缘，但是我想：其中最大的原因，就是不明白出家到底要干什么。人最怕生活没有目标，如行尸走肉，那是很痛苦的，所以倒不如干脆还俗吧！

想到这里，应该感谢恩师，他曾经无数次地告诉我，出家人要立志，你要做什么样的出家人。古来，出家为僧，有专门修行实践的修行僧，有从事学术研究、弘法布教的学问僧，有从事寺院管理的职僧，有从事经忏佛事的经忏僧，有云游四海、居无定所的云游僧等。在平兴寺，我就想好我要当一个什么样的出家人。于是，在这风风雨雨的几年中，我感到非常充实、快乐。

对于出家，有四种情况：一、身、心俱出家；二、身出家，心未出家；三、心出家，身未出家；四、身心俱不出家。如果是身出家而心未出家，除了枉受供养，也是败坏佛教，因为穿了出家人的衣服，而心未趋向修道，只会继续起惑造业，自不免六道轮回，无有出期。如果是抱着这样的心态，宁可他还俗，也不要破坏佛教僧团。难得的是身、心出家，当然是明白教理，懂得修道求证，能将全身心献给佛教，于是佛门中就多了一位龙象！但如果是有家庭牵累，一时不能舍离，只是仍想着清心寡欲的生活，就等于心出家、身未出家。

在很多时候，我总是劝人学佛不一定要出家，能够做一位在家弟子，组织佛化家庭，以在家身份行菩萨道更为方便。但是，佛法的住持需要真正的出家人，如果没有出家人，佛教将是什么样的一种宗教呢？但是，对于出家人，我只是想说，宁缺毋滥。隋唐时代，是中国佛教的黄金时代，但出家人并不是太多。所以，佛教的兴盛与否，并不在于出家人的多少，而在于出家人的素质与修养，这是佛教发展的核心。

世间都是无常的，缘起缘灭，曾经是发大心宏誓愿，但是也有退心的可能，所以佛陀也允许比丘还俗。太虚大师在《僧伽制度论》中提到，自愿退出僧团的原因有几种：一、出家戒律微细难持；二、大乘佛法深广难懂；三、烦恼深重无法克服；四、为做护教、救国事等。虚大师提出新的构想，只要是以上几种理由，又依循合法的手续来办理，僧团是可以容许及接纳的。许多人出于无奈离开僧团，但毕竟是在佛教的非常单纯的环境中生活的人，回到社会中会生活得十分艰苦。这对于佛教来说，毕竟是一种损失；对于个人来说，也不是一件容易的事。所以，虚大师看到这种情况，建议佛教界接受这些人，让他们进入佛教会、慈济事业等地方工作，一方面保持对佛教的信仰及接触，另一方面使他们身心有所安顿，不会还俗之后而视佛教如陌路。这样的话，佛教团体就能留住这些人才，换一种方式继续为佛教工作。这是当前解决出家人还俗比较恰当的方法。

　　出家与还俗，是人生旅途上的两种风景，都是光明、自由的。作为凡夫僧，总是有一些感情，眼看、耳闻有人因种种因缘而后退还俗，心里多多少少有点难过。但是，我希望天下的出家人都能常随佛、菩萨学习，立大誓愿，既然出家为僧，便决不虚度此生，做一个顶天立地的出家人。如果，有一天，你不得不离开僧团，那就像那位法师一样，光明正大地还俗，也希望社会与佛教都能正视还俗的问题，更不必瞧不起还俗的人。

般若人生

图：印度玄奘纪念碑

般若人生

生活在现代的人，在物质上可说是十分幸福的，现代科技为人们的生活提供了种种方便。但是，物质的丰富、科技的起飞、人口的集中，导致人与人之间接触频繁，因而许多的摩擦、误会、冲突也就随之产生了，烦恼的种子也就深入人们的心田。由于种种烦恼，人们对生命常会感到一片迷惑与茫然，自杀率、离婚率、犯罪率不断地升高。可见，丰裕的生活并非就是幸福快乐的保障，还需懂得驾驭人生这部列车，才能穿越层层的无形之人墙，进入快乐的园地。而只有佛教中的般若智慧才能彻底解决人生所面临的种种问题，使人们得到真正的快乐。

佛教般若是通达缘起性空的正智，佛教认为诸法由因缘和合而生，换句话说，世间万物都由具体的因素和条件组成，若离开了许多的因素和条件，一切事物都不可能存在。万物由因缘和合而生起，故称缘起；缘起必然是无自性，无自性即是性空。凡夫迷于缘起性空，佛菩萨具有般若智慧故能了达，般若人生就是缘起性空的人生。

首先，缘起性空的人生观要求作为一个人必须珍惜生命，珍惜生活中的一切。生命并不是凭空而来的，而是由种种善因所感得，在这个世界上是层次最高、最发达并且极其难得的。佛陀曾比喻过，"得人身如瓜上土，失人身如大地土"，突出作为人的庄严与殊胜。佛教认为人类有三种殊胜，是远非其他物类所能比的：第一，忆念胜，我们对过去所学的东西都能记得清清楚楚，一切科学文化都是依靠过去经验的忆念累积，而后日渐进步，衍生出高科技文明。第二，梵行胜，这是属于道德、灵性、宗教、伦理的修养。我们所以拥有崇高的德行，是因为人们懂得克制情欲，克己复礼，而走向道德的层面，因此人间有圣贤的出现。在品性的陶冶中，建立快乐人生，这也是人类可贵之处。第三，勇猛胜，这是感情的韧性。人可以为完成一个目标忍受极大的痛苦，可以牺牲自己来奉献社会，纵观世上那些可歌可泣的事物，无不是人们丰富感情的表露。人们更将感情挥抹在文学艺术上，留下震撼人心的不朽作品，这即是人类独特的情感激发所孕育出的璀璨花果。人生如此难得而殊胜，生命的存在本身就是一种价值，岂能轻易地抛弃此身、虚度此生呢？

我们在生活中应能经常与空相应，了知缘起必然是空性的，而正因为是空性的，所以才随缘而起。比如你现在很有钱，家庭幸福美满，这个幸福也是空性的，如果有一天彼此间不再相互体贴宽容，那么幸福也就很快地破碎了。"空"并非没有，而是它的本质在不断变化当中，因为它是缘起的，所以你所拥有的一切就该珍惜，有正常的五官、充沛的精力，就该好好地去追求知识与智慧，好好地奉献给社会。如果你说年老再读书、修善、学佛，须知生命也是缘起的，随时都会消失，岂能长久地为你等待呢？透过缘起，对于好的，你会珍惜它，把握它；对于不好的，也不必垂头丧气，只要添加善缘，不好的就会改善。如收回高傲的态度，改用谦让的面目，就能赢得更高的友谊；消除"自扫门前雪"心态，勇于助人，关怀他人，必能改善不良的人际关系；改变自暴自弃的行为，多虚心地向人求教，则久违的成功大门也将为你而开。我们在开创中掌握自己的命运，终将会有熊熊的火光。所以缘起性空的人生观，不是悲观的，也不是乐观的，而是现实的人生观。

其次，缘起的人生就是无我的人生，这就要求每个人都具有同体大悲的心，能从无我的慧光中涌现真爱。人生宇宙的任何现象生起，绝非孤立突然，都不可做孤立的理解，而应该从整体的、延续的与相关的去观察宇宙人生。从无限复杂的人生中，了知前后延续、自他依存的自己，是因缘和合而有，没有实性可得，必然是无我的。所以，主宰一切的我见是妄情的计执，不应以自我为中心，不能固执己见，要尊重别人，与人和谐相处，也就不会因我、我家、我族、我国，而引起无边的痛苦了。

有些人不了达缘起法，把爱跟私我结合，必产生侵略性与排他性，这是导致人类不幸的根源。因此佛教要我们把生命立足点建立于自他共依、休戚相关的同体大悲上，通过缘起无我的洗练净化，以至于把内在的爱升华成慈悲。想想我们能安居乐业、享受生活，是多少人互助合作、尽忠职守的结果，因此无论士农工商，人人都是我们的恩惠者，这样我们会对周围的一切人乃至整个宇宙都存有报恩之心，就不会因冲动的私爱而排斥侵略他人，也不会因一点不愉快而图谋报复。因此，唯有发挥慈悲无我的真爱，才是我们的真正幸福，这样的社会就能成为祥和的社会，民族就能成为尊严的民族。

最后，缘起性空的般若人生是中道圆满的人生，掌握好人生的空与有，人生就会圆满。万物因缘起有故性空，缘起不碍性空，性空不碍缘起，"有"是不离空的有，"空"是不离有的空，空有不二。"空有不二"说明了理想的世界即在现实的世界当中，不宜用二分法分开。生命的明暗，全系于我们一念的迷悟差别：一念觉，即是菩提；一念迷，即是烦恼。所以佛教圆满人生的理想，不是到另外的世界才能究竟；正如《维摩诘经》说"随其心净，则国土净"，心净即是智慧的升华，觉悟了宇宙间的真实相，心不再动念、造恶业，那么随处都是清净的国土。《六祖坛经》说："佛法在世间，不离世间觉；离世觅菩提，犹如求兔角。"此即说明觉悟是在人间证得，而非求生于他方的世界天堂，需从日常生活去体悟。

我们若带着烦恼的心，那么扫地也烦恼，吃饭穿衣也烦恼，所接触的无不是烦恼。当我们的心清净快乐时，则走路也快乐，煮饭、做事都感到满心的欢喜，任何事物都会使人觉得赏心悦目。由此可知：喜乐与烦恼也是性空，全在于你用什么心态去面对。若能用觉悟的眼光，你的工厂即是道场，你的事业即是佛法的事业；反之，你就会感到痛苦。或许你说，我们是凡夫俗子，有种种的束缚，哪里有圆满清净的人生呢？其实，束缚是历练成长最好的阶梯，能够超越它，烦恼即是菩提，所在处处都是佛法的道场。进而观想，所做的一切点点滴滴的利人善举，全是佛法事业，自能乐在其中，不再怨叹身疲命苦了。所以，现实与理想的世界是无二无别的，若能识得其中味，何处楼台无月明呢？因此，圆满的人生理想是要我们从现实生活中去学，去成就，而不是要我们远离人群，闭门造车。

圆满的人生一定有肯定和超越的两面，而空与有即是超越与肯定的意义。什么是肯定的一面呢？该有的就要实实在在地"有"，有了立足之地，方能谈到生产报国，救度众生；品德、修养、学问都要确确实实地"有"。什么是超越的一面呢？该空的就需彻彻底底地"空"：虽有高超的学问道德，却要能虚怀若谷，谦以待人，不据此引以为傲而卑视人，这就是空的智慧。空，看似一无所有，解空的人却反拥有越多——佛菩萨心空如太虚，方能容得下宇宙万物，故能成佛；

而众生的心灵空间往往只容得下自己，也就把自己塑造成心地狭小的众生了。人生旅程要能空能有，懂得空有互用之道，人生就如佛菩萨圆满自在了。

总之，缘起性空是宇宙的真理，生活中的一切都是缘起性空的，只是我们没有觉悟而已。若通达缘起性空，那么生活中的点点滴滴自然都与般若相应，就会变成"郁郁黄花无非般若"，生活中散发着般若的慧光。只要具有般若智慧，就能掌握空有，了达宇宙人生真理，这样就会珍惜人生，自尊自爱，慈悲利益他人，以获得圆满的人生。

感恩的心

回首四年的学习生活，仿佛如在眼前。法源寺依旧那么古老，在静穆中透露出佛法的庄严，只是树荫更浓，红墙则增添了几道残剥的斑痕。

四年的时间，相对于几十寒暑的人生，也许并不算太长；相对于无数劫的生死轮回，则更如电光石火，但是它将是永恒的。有了这四年的学习，菩提智慧从此增长，佛教又增添了一分新的力量，佛法将在这些学子的身上得以发扬光大。

简陋狭小的教室空空荡荡，但耳边总是萦绕着不断的回音。哦！那是法师、老师讲课的声音，仍然是那么熟悉、那么真实！让我们从内心深处说一声感谢——感谢法师、老师辛勤的教导，以法乳哺育我们这些佛法的婴儿，让我们茁壮成长；更感谢党和国家的宗教政策，使我们能坐在教室里上课读书；感谢十方施主的布施，成就如此殊胜的因缘。

我们学佛的人，要学习佛陀的慈悲，要以大众的安乐为安乐。我们学习佛法，将身心奉献给佛教，愿佛教能发扬光大，愿天下人得到安乐。尤其我们都是年轻人，必须具有一颗奉献感恩的心，不要想"别人能给我什么"，要想"我能给别人什么"。因为施者的境界比受者更广大，施者所获得的快乐比受者更丰富。我们不但要自己得到佛法的喜悦，并且要将此喜悦分享给别人，唯有懂得报恩的人生，才是有意义、有价值的人生。

佛教经常讲"报四恩"：第一报佛恩，感念佛陀摄受我们以正法之恩；第二报父母恩，感念父母生养抚育我们之恩；第三报师长恩，感念师长启导我们懵懂，引入真理之恩；第四报施主恩，感念施主供养，滋润我们色身之恩。

如果我们平常怀有报恩的心，对一切事物都有"滴水之恩，涌泉以报"的思想，那么一切残害、嗔恚、杀戮都会止息。我们感念众生从旷劫以来供我所需，便会对一切众生生起慈悲、报恩心，而不会去侵害众生；感念宇宙自然界，如太阳供我光明与热能，空气供我呼吸，雨水供我洗涤，花草树木供我赏悦，那么我们便会爱护大自然，爱惜花草树木，便不会践踏自然，那么环境便能得到净化；如果我们时常自忖，自己有何功德，而能生存于世间，接受种种供养，而不匮乏；我们时时以感恩的心来看世间，则觉得世间很可爱、很富有。即使只是树上小鸟的轻唱、路旁花朵的芬芳，也会令你感到心旷神怡。

生活在现代社会的人们，由于受功利心的影响，处处都在为自己的利益着想，只想获得，不愿施予。我想到这样一个寓言故事：

有一天，阎罗王对两个小鬼说："让你们投胎到人间做人，一个人是有东西都给别人，另一个人是时常可以从别人处获得东西，随你们选择，愿意投胎做什么样的人？"

小鬼甲一听说，马上向阎罗王下跪，双手抱着说："阎罗老爷！求求你，我要做那个可以从别人处得到东西的人。"小鬼乙站着静静地想了一下，说："既然那位老兄愿意做从别人处得到东西的人，那么我就当一个可以给别人东西的人吧！"

阎罗王惊案石一拍，宣判道："下令小鬼甲投胎到人间做乞丐，可以处处向人乞讨东西；小鬼乙投胎到富裕人家，时常布施周济别人。"

两个小鬼一听愣了半天，无言以对。

平常人们总喜欢从别人那里索取东西，以为付出是吃亏的。近代高僧弘一大师说："我不识何等为君子，但看每事肯吃亏的便是；我不识何等为小人，但看每事好便宜的便是。"其实，有一颗感恩的心，愿意将快乐分享给别人的人，他将会更加快乐，因为他可以从别人的快乐中得到快乐。

愿天下人都有一颗感恩的心！

感恩心

现代心理学指出，我们内心的感觉就是改变的力量。进一步说，创造美好、积极的感觉，让日子值得活下去，正是每一个人自己的"责任"。许多心理学家提出，要让生活中增加一些"浪漫"因素，布兰登博士说："浪漫是生命能让我们获得快乐热情的承诺。"这就要我们以童真的眼光看事物，保有生活中的美好。

星云法师说："一个人应该时时自忖：自己何功何德，而能生存于宇宙世间，接受种种供给，不虞匮乏？因此，每一个人都要抱持感恩的胸怀，感念世间种种的给予。"

在现实生活中，我们经常可以见到一些不停埋怨的人，"今天真倒霉，碰见一个乞丐""真不幸，今天的天气怎么这样不好""唉，股票又被套上了""真惨啊，丢了钱包，自行车又坏了"……这个世界对他来说，永远没有快乐的事情，高兴的事他抛在了脑后，不顺心的事他总挂在嘴上。每时每刻，他都有许多不开心的事，他把自己搞得很烦躁，把别人搞得很不安。

其实，所抱怨的事并不什么大不了的事，在日常生活中是经常发生的一些小事情。但是，明智的人一笑置之，因为有些事情是不可避免的，有些事情是无力改变的，有些事情是无法预测的。能补救的需要尽力去挽回，无法转变的只能坦然受之，最重要的是目前应该做的事情。

在这样的一种精神状态下，不难想象，喜欢抱怨的人的错误概率自然要比别人高，许多新的不顺又在后边等着他，那么他又开始新一轮"抱怨—沮丧—出错—倒霉"……他总是很难理解：为什么自己的运气这么差？为什么能力不如我的人干得总比我好？是他们的运气总比我好吗？

"万事如意""有愿必成"，是人们真诚的祝福。生活中，不如意之事常常发生。我们无法保证事事顺心，但是要做到坦然面对、该放则放，不要把一些垃圾总堆在心里，把乌云总布在脸上，把牢骚总挂在嘴上，否则你自己总是一个"倒霉鬼"，别人也觉得你烦人。

人生的幸福在很多时候是来自一些看起来无意义的事情，来自自我心扉的突然洞开，这些看起来平淡无奇的东西，因为我们有了一颗感恩、浪漫的心，而成为幸福、快乐的片断。

所以，从现代情绪管理学与佛法来说，培养对生活美好的感觉、一种浪漫与感恩的心态，让自己的意识对生活有喜

悦、兴奋、想法和幻想，对于自尊不足的人来说，是最佳的
"补品"。想要拥有感恩与浪漫的情怀，就得发展出每天以新
鲜感看生活的能力；将意外视为礼物，别怕进入陌生情境，
让自己的生活充满美好的感觉。

失去与丢弃

在一本杂志上，我曾经看过这样一个故事：

参加越战负伤回国的一位美国士兵，在手术台上，从麻醉中清醒过来，军医告诉他："睡一会儿你就没事了。不过，我必须告诉你一个坏消息，你失去了一条腿……"

那位士兵却否定说："不，你错了，我不是失去一条腿，那一条腿是我自己丢弃的。"

一个悲剧性的事件，并没有使士兵绝望。有时候，迷与悟、悲伤与快乐，就在一念之间，把"失去"改称"丢弃"，在一念之间，他一跃跳过了绝望的高山。

诚然，不管是"失去"还是"丢弃"，都表示丧失了自己的东西，虽然现实已经没有办法改变，但是，二者的意义与影响却全然不同。

想成"失去"时，自己的意志并没有反映在它身上，亦即属于未经料到的事情，因此，苦恼的感觉缠绕不去，令人痛惜难忍。

人生活在这个世间，总是有许多得与失。有人把人生比喻成一场战争，虽然有点残酷，可是二者却具有许多相同性，因为二者必将失去的东西颇多。但是，只要改口称为"丢弃"，就容易使人想得开，且使失望也减轻到最低限度。

佛法的智慧，就是让我们在现实生活中拥有更多的快乐，让我们从另外一个视角来观察人生。世间的一切都是缘起法，都是因缘条件和合而成的。失败与成功本身都在不断变化中，只要我们从失败中吸取教训，成功的大门一定在静候着您的光临。

有时，我们不妨以玩游戏的态度来面对失败，有过某种失败后，如果夸张地想："在知道我的失败之后，全世界的人必定为我而哀恸……"或是想成："这一次失败必定成为我的人生唯一的最大的失败而长留历史。"这样一想，现实的事也会变成非现实的事，悲剧也会转成可笑的事，产生以轻快的心情来审视自己的念头。

面对失败的时候，我们很容易想到悲观的一面，其实，事情如果发生了，悲观也没有用。要想到，任何事物当中都包含着好坏两个方面，为了好的一个方面，目前付出的代价或许是值得的。所以，当我们面对失败时，不必想到我将"失去"这些东西，其实，这些东西是我应该"丢弃"的。

超越与竞争

禅象征着超越，企业的生存象征着竞争，这是两种具有天壤之别的现象。禅师，一炷清香，一卷佛经，一个蒲团，便可随缘度日。两袖一甩，清风明月；仰天一笑，快意平生；布履一双，山河自在；我有明珠一颗，照破山河万朵……这些都是禅师的境界。企业家，现代市场经济的逐浪者，置身于风云变幻的商海中，到处是陷阱和盲区，随时有折翼沉海的可能。

无论如何，我们都不会去想象这两种现象的关联性。但是，如果我们分析一下二者的内在精神，便可以发现，现代的企业家其实可以从古老的禅宗文化中得到一些启示，从而为我们建构企业文化提供一种清凉的智慧。

找回本来的自己

有一首著名的流行歌曲一开始是这样唱的："我往哪里去，才能找到我自己？"我们不是活得好好的吗？为什么还要劳神费心去"找"自己呢？但扪心自问：你了解自己，认识自己，甚至透视过自己吗？人们往往"误解"自己，甚至在"假我"中得意尽欢，一旦曲终人散，面对着晓风残月，而不会生起一丝苍凉、悲凄者，又会有几个呢？

作为一个人，我们有时会迷失、彷徨、失落；而作为一个企业，同样也会如此。但是，作为这个企业的领导人，如果有魄力、胆量、眼光，能将企业带出低谷；如果一个企业正在不断地上升，各项事业蒸蒸日上，而这时的带头人能保持清醒的头脑，不会被各种荣誉与光环冲晕——这便是企业家的素质。

佛经中有一则精彩的譬喻：

　　从前有一个人，由于家穷，买不起昂贵的铜镜，他一直为看不见自己的容貌而烦恼。有一天，他的朋友借他一面镜子。"哇！我终于看到自己了。"当他看到自己俊秀的面容时，竟然高兴得手舞足蹈。因此，他每天捧着镜子，顾影自怜。几天之后，朋友要回了镜子，他竟然无法自处，直叫嚷："我的头，我的头呢？"他找遍了城中大街小巷，就是找不到他的"头"。绝望之余，他变得精神恍惚、语无伦次，口中不断重复着："我的头呢？我的头……"这天，朋友又来探望他，在途中擦肩而过时，差一点认不出他。朋友拉住他，唤他名字，问道："你怎么会变得如此狼狈呢？""我找不到我的头！""你的头不是好好的吗？""不，我看不到它！"朋友用力敲他的头。"哎哟！我的头，好痛呀！"他终于找回了他的"头"。

这是一个既有趣而又发人深省的譬喻。生活在现代的人，有多少能真正找到自己的"本来面目"？我们经常会听到现代人的感慨："这时代，真实的人越来越少了！"所谓"真实的人"，就是有自己风格的人、特立独行的人、卓尔不群的人、不随波逐流的人，也就是对生活有自己的一套看法的人，对生命有一个独立的理想目标的人。我把这种人称为"本来面目"，这"本来面目"就像古代的禅师对山说："大山啊！请脱掉披覆在你外表的雾衣吧！我喜欢看你洁白的肌肤。"

　　遗憾的是，现时代往往失了原来的洁白肌肤，而在外表披覆了雾衣。我们总是被种种"流行""潮流"搞得晕头转向，逐渐迷失在茫茫人海中，而忘记了本来的自己。我们很难说清这个时代的人有什么样的特色，有什么样的典型，不知道几百年后，我们的后代子孙编写中国历史时，会有什么样的感慨，在他们几百年前的我们，竟然会没有让子孙后代值得骄傲的东西。

而对于这样的问题，我想原因有二。一个是现代人失去了单纯的生活，也失去了单纯地对生命理想的热爱。大人物的一天固然是案牍劳形、迎来送往、觥筹交错，二十四小时里难得有十分钟静下来沉思，对生活与生命的本质就更别提了。而小人物呢，为了三餐温饱辛苦奔波，为了逢迎拍马费心，虽然有空闲时间，但是夜间或在秦楼酒店里流连忘返，或在家里盯着电视不放，更别说静下来想一想。

另外一个就是现代人常常强人所难或强己所难，把自己不愿做的事情推给别人做，或者把别人不肯做的事揽给自己做。我们从来没有想过自己到底想干些什么事情，而别人呢，是不是真的愿意如此？我们是否站在别人的立场上替别人想过？

我们都曾经拥有自己的"本来面目"，只是在生活中，我们已经忘记了过去的自己，这就像禅宗里所说的"白马入芦花"，有的人明明是白马，入芦花久了，"白""白"不分，以为自己是芦花了。

我们都想做一个完整的人，做一个真实的人，做一个自在的人，做一个独立与成功的人，那只有还我"本来面目"。
其中的第一件事情，便是在一天中花十五分钟坐下来想想：
我是谁？我从哪里来？我要往哪里去？现在的生活是不是我
想要的？什么生活才是我想要的？这样，我们才可以做一个
有风格的人，做一个真实的人，做我自己。

八风吹不动

　　苏东坡被派遣到江北瓜州任职，和他的好朋友佛印禅师所住的金山寺只隔着一条江。有一天，苏东坡坐禅欣然有得，便作了一首偈子来表达他的境界，并且很得意地派书童过江把偈子送给禅师，并嘱咐书童看看禅师是否有什么表扬的话。偈子说：

　　　　稽首天中天，毫光照大千；
　　　　八风吹不动，端坐紫金莲。

禅师看了以后，拿起笔来，只批了两个字，便让书童带回去。苏东坡以为禅师一定会赞叹自己境界很高，收到书童拿回的回语，急忙打开一看，只见上面写着"放屁"两字，无名火不禁升起。于是，他便乘船到江的对岸去找禅师理论。船到金山寺时，佛印禅师早已站在江边等待，苏东坡一见禅师便怒气冲冲地说："禅师，我们是至交道友，你怎么能骂我呢？"禅师听了呵呵大笑地说："你不是八风吹不动吗？怎么让我一屁就打过江来。"

"八风"是什么呢？就是利益、衰退、毁谤、荣誉、称赞、讥笑、痛苦、快乐。世间的存在是一种要本然的现实，人生没有永远的赢家，战场没有永远的胜利者。企业的发展也同样不可能一帆风顺，挫折与失败是难免的，如果有位企业家宣称"我是一个商海的天才，我没有失败的权利"，我们并不会感受到他的豪迈，反而觉得有一种无奈的凄凉。

十几年前，世界重量级的拳王阿里，在他最强壮最巅峰的时候在拳击台上高呼："我是永远的拳王，不可能被击败。"可是，他在最后的几场拳击赛中却一再被击倒，我们看他在拳击台上步履蹒跚、肌肉松弛、努力挥动拳头的时候，不禁对这曾不可一世的拳王感到同情，也认清了一项事实：世界上没有永远不被击倒的人，即使是世界拳王也不例外。哲学家尼采说："群山之间最近的路是从山巅到山巅，但你必须有够长的腿，才能取道于此。"可是，没有人有那样长的腿。

我们通常认为市场竞争是残酷的，其实它是一个非常正常的过程，只是有些人对它的"残酷性"没有做足够的预测，所以以失败告终。有些人能够东山再起，几年后又是一条好汉；有些人被竞争的浪潮冲上沙滩，只能躺在沙滩上，无奈地看着那曾经熟悉的商海。

闻名世界的日本服装设计师三宅一生，在被访问到他如何成功地设计出独出心裁的服装时，他谈到两个问题：第一，他认为自己所设计的服装只完成了"一半"，而另一半的创造空间则留给穿衣服的人，这样，每一个穿衣服的人便能穿出自己的风格，于是同一件衣服也有极大的不同，依这个观念设计出来的服装不容易失败；第二，他在选择衣服布料时，每次到布厂去，总是请布厂的人拿出设计、印染、编织失败的布料，裁制出最具独创与美感的作品，因此他的作品总是独一无二，领导着世界的服装潮流。他的"失败哲学"，给我们以很大的启迪。对于一个有创造力的艺术家来说，生活的进程最重要的是有成功的进取心，但是成功不是必然的，唯有在失败的因子中找成功的果实，才可能创造真正的成功。

无论在现实生活中，还是在市场竞争中，失败当然是一件可怕的事情，世界上肯定没有人会喜欢失败，可惜就像我们上面所说的那样，并没有永远的成功者，我们可以肯定地说："那些在人生后半段成功的人，是由于他们在人生的前半段失败中，找到了成功的灵感。"

对于失败，我们还可以"投降"，可能有些人会非常瞧不起"投降"，认为那是懦弱的表现。但是，历史上大凡成功的人，并不是永不投降的人，也不是面对着危机就投降的人，他一定是个有进有退、善于反败为胜的人。假如一个人，在不能进的时候，他偏偏急流勇进，那么等待他的结果也只有头破血流，注定成为悲剧性的人物；反过来说，在应该勇敢向前的时候，他却偏偏放弃了，那么留下的只有后悔，而成为一个无可挽救的失败者。

因此，在什么时候选择一个适当的时机，做一次适当的投降，是一个重大的智慧，这在哲学上称为"度"，如果用经济学术语来说，就是"适当投资"。离此中道，当退而进是"不适当投资"，当进而退是"未能掌握投资的环境与时机"。而我们在商界中看到的大部分失败，就是因为不能适时"投降"。投资的成功，需要对市场的供求做出正确的反应。如果在不良的时机里还扩充设备与投资，不懂得退步与投降的哲学，那么到最后只会不可收拾，潜逃作结。前一阶段，他是当降而不降；后一阶段，他则是不应降而降了。

如果说衰退、毁谤、失败等是一种动态的燃烧，人们有比较明显的对抗性，所以有时会成为逆增上缘，反而激起向上奋斗的雄心壮志，那么，在利益、荣誉、称赞、快乐面前，可能便会"英雄难过美人关"一样，被"糖衣炮弹"一一地攻打下来。这样的情况似乎不用去举一个实际例子，翻开报纸经常会爆出一个如此之类的"大新闻"。

一个人活在这个世界上，大致可以分成三种境界：一是提不起，放不下；二是提得起，放不下；三是提得起，放得下。对于名誉、称赞、利益，大部分人是提得起、放不下，因为等拥有这些名誉、利益后，人们又会在"崇高的使命感"的驱逐下，以为"天下舍我其谁"，去完成更加神圣的使命。而禅师经常说的一句话就是：看破，放下，自在。

我们在武打小说里面经常看到东方不败、独孤求败这样的人物，他们的武功太强了，天下罕有匹敌者，因此一辈子没有败过，为了亲尝失败的心情与滋味，不惜千里奔波，到处转战。这种"求败"的人物其实很痛苦，因为没有失败过与没有成功过一样。所以，我们遇到成功时有何喜，逢到失败时又有何忧？不以"得"喜，不以"失"忧，才能从失败与成功中找到智慧的花果。

在战场上，人们可凭武器在战场上决胜负，而市场的竞争则是靠个人的英智和魄力决定胜负。世间人都是看对自己是否有利益而下褒贬，而期待别人赞赏的人正好中了别人的"阴谋"，如果不能超越此狭隘的心胸，就不能做真正的事业。所以，只有"八风吹不动"，才能在市场竞争中"端坐紫金莲"。

布施的心

有一次讲座中，我谈到佛法布施的三轮体空，鼓励信徒在行布施时能够不执著于布施相及功德，不图回报。讲座后，有位信徒便问，既然布施应该离相，那么布施的功德从何而产生。记得当时我回答：功德从心而生。当时那位居士仍有些迷惑，我也没有进一步为他解释。

曾在一本杂志上，看到这样一则日本的童话：

从前，有一位国王，性格冷酷。他国度里所有的地方都盖在厚厚的白雪之下，从来就没有花的芳香和草的翠绿。他十分渴望春天来到他的国家，但是春天从来都不肯光临。

这时，一位流浪已久的少女，来到了皇宫的门前。她恳求国王给她一点食物和一个睡觉的地方，她实在太饿太累了。但是，国王从来都不愿意帮助别人，他叫随从把少女赶走了。

可怜的少女在肆虐的风雪中走进了森林。在森林中，她遇到了一位厚道的农夫。农夫急忙把她扶进屋，让她睡在温暖的火炉边，给她盖上毛毯，然后用仅有的面粉为少女做了面包并煮了热汤。当他把面包和汤端到少女面前，却发现少女已经死了。农夫把少女埋在了田野里，并把面包和汤放进去，还为她盖上了毛毯。第二天一早，奇迹出现了：其他地方仍旧是白雪皑皑，但是在少女的墓上，竟然开满了五彩斑斓的小花——这里的春天来了！

原来，这个女孩便是春天。农夫接纳了她，诚待了她，滋润了她，安息了她，于是也便享受了她。

原来，只要付出，一切都会有收获。无论你付出得多么早，还是多么晚。原来，没有什么会真正死去，除了一颗冷酷的心。

布施也是这样。当我们出于内心的欢喜进行布施时，其实就是表示我们富有，这并不一定表示我们很有钱，但是至少意味着我们有比别人更多的欢喜。真正的布施功德不是来自受施者的回报，而是在布施的那一刹那，我们的内心充满着欢喜，以至于很长一段时间内，我们仍然享受着这份欢喜。这是最大的回报，也是布施最大的功德。

布施的快乐

布施功德无量，是我们常说的行话。但是，功德从哪里来呢？内心快乐便是功德。但是，为什么布施会使内心快乐？只有布施者才会有这样的心理体会，非布施者是没有这种体会的。

人是一个平衡系统。当我们的付出超过我们的回报时，我们一定会取得某种心理优势；反过来，当我们的获得超过了付出的劳动，甚至不劳而获时，便会陷入某种心理劣势。人生其实十分公平，没有无缘无故的得到，也没有无缘无故的失去。有时，我们是用物质上的不合算换取精神上的超额快乐，虽然表面上我们失去了许多物质上的享受，但其实我们得到了用任何物质都无法换来的精神快乐。也有时，我们看似占了金钱的便宜，却同时在不知不觉中透支了精神的快乐。所谓"吃亏是福"，正是总结了物质与精神的快乐上的得失而得出来的。

许多人碰见一些乞讨者，总认为那些是骗子，而不愿意用小小的一点金钱来换取巨大的快乐。其实，他们的真假对于你来说，无关紧要。重要的是当你向他们施舍时，正表示你富有，从而你能获得精神上的满足。当我们用精明的目光考察他们的真假时，当我们考虑是否真的想给他们时，其实自己已经不快乐了。

所谓"圣人"，就是能够看到精神快乐大于物质快乐的人，他们在现实生活中能以低姿态来做各种各样的好事。所以，在中国佛教的禅林中，祖师之所以都是在寺院中处于最卑微地位的出家人，如煮饭的饭头、挑水的水头、种菜的菜头、烧火的火头等，其原因也就在这里。

这样，当我们真正掌握这些规律后，"圣人"也就不是遥不可及的，我们其实都或多或少拥有圣人的品质了。

人生最初的财富

有这样一个故事，虽然很平常，却意义深刻。

瑞士是世界上第一个实行电子户籍卡的国家，在这里，婴儿一出生，医院便会立即打开计算机，通过户籍网络看他（她）是这个国家的第几位成员，然后以此为编号，开始在户籍卡中输入这孩子的姓名、性别、出生时间及家庭地址。由于婴儿和大人一样，用的都是统一规模的户籍卡，因此每一个刚出生的婴儿都有财产状况这一栏。

1998年，南美的一位黑客通过国际互联网侵入瑞士的户籍网络，想把自己刚出生的儿子注册为瑞士人，并开始填写有关表格。在填写财产这一栏时，他随便敲了一个数——3.6万瑞士法郎。

这位黑客在确信一切天衣无缝后，关了机。他本以为自己的儿子从此以后就成为瑞士人了，谁知不到三天，瑞士当局就发现了这位假居民。

值得一提的是，查出这位假居民的并非瑞士的户籍管理人员，而是一位家庭主妇。她在为女儿注册户口时，对前一位在财产栏中填 3.6 万法郎的人产生了怀疑，因为所有的瑞士人在为孩子填写拥有的财产时，写的都是"时间"二字。他们认为，对一个人，尤其是对一个刚出生的孩子来讲，他们所拥有的财富，除时间之外，再不会有其他的东西。

一个人出生后，到底拥有些什么？说到底，无非是几十年的时间。所谓生命，也就是一个渐渐支出时间的过程。有些人需要地位，就用自己的时间去换取权力；有些人需要财富，就把它一点点地换成金钱；有些人需要闲适，于是就在宁静和安谧中从容地度过自己的时日。

对于财富，我们一般人都认为就是金钱。佛教有一种说法，金钱为五家所共，就是大水、大火、小偷、不肖子孙、贪官，因此这些因素都可能导致我们失去金钱。其实，财富有许多种，如健康的身体、如意的生活、顺利的前程、眷属的平安、丰富的知识，其中最重要的就是智慧。智慧是一切财富的源泉，也是最无形、无相而无处不在的财富。

所以，我们要拥有永恒的智慧，然后再要世间这些财富，生活才会美满、幸福。

过去、现在、未来

有一首流行歌曲，歌词大意是这样的：我想去桂林，可是我有时间的时候没有钱，有钱的时候没时间，钱和时间都有了的时候却又没有了好身体。今天想明天，真到了明天却又在怀念昨天，什么时候会面对现在呢？

我们大部分人都是白天上班，晚上睡觉，心中总是空荡荡的。我们总是幻想着有时间能够去看清晨的日出和彩霞、晚上能够与星星谈谈心，有时间能够听听草丛里虫叫的声音。我们幻想着有一天能够到海南去欣赏那天涯海角的风光，去西藏看高原蓝蓝的天，到沙漠体会"长河落日圆，大漠孤烟直"的奇观。我们的幻想，总是很美丽、很动人，总可以让所有人都感动。但是，唯一的遗憾就是永远没有办法实现。这是因为我们根本没有想去实现，这就像在大雪纷飞的清晨，你能够从温暖的被窝里爬起来，能够勇敢地穿起衣服，漫步在白雪茫茫的大地上，这时你会觉得大地真的很美丽、很温柔、很动人。这时的快乐，哪里是被窝里的温暖的快乐所能比的。

我们如果舍弃那些附加值，不要那么多"如果"，就会发现一切都在当下。因为明天会有明天的不如意与制约条件，是靠不住的，甚至还会懊恼今天没有好好享受年轻的心情与生活呢。

幸福、快乐、放松与享受生活不需要太多的条件与借口，它只需要心情。幸福与幸福之外的一切无关。幸福是一种感觉，是心灵的一种愉悦、惬意的感受与状态。锦衣华服、钟鸣鼎食的人，未见得快乐；粗衣布履、粗茶淡饭的人，未见得不幸福。那些我们以为活得很卑微的人，未必不幸福。五星级宾馆里的成功人士与宾馆外墙边乞讨的盲丐，他们感受幸福的权利是平等的。快乐、幸福与物质无关，所以不必去等待什么，你随时都可以启程，去赴这个美好的约会，创造一个让自己幸福的理由，给自己一份幸福的感受。

现实是一种难以捉摸而又与你形影不离的时光，如果你完全沉浸于其中，就可以得到一种美好的享受。抓住现在的时光，休息的时候好好地休息，工作的时候认真地工作，念佛的时候静心地念佛。只有现在的时光，才是你能够有所作为的唯一时刻。未来永远没有你想象的那么美好，它也只能是将来的一种切切实实的现实。

佛经上说:"过去心不可得,现在心不可得,未来心不可得。"因为过去已经过去,未来还没有来,而现在马上便会成为过去,所以要珍惜现在。昨天,是张作废的支票;明天,是尚未兑现的期票;只有今天,才是现金,才能随时兑现一切。

多情与无情

多情与无情，看起来总是相待对立，可是有时却是统一的，佛陀是最好的榜样。

佛陀即将涅槃时，对比丘做了最后的教诫："是故比丘，勿为放逸，我以不放逸故，自致正觉。无量众善，亦由不放逸得。一切万物，无常存者。此是如来末后所说。"（《长阿含经》第二《游行经》）佛陀在《遗教经》中则说："汝等比丘，常当一心，勤求出离，一切世间动不动法，皆是败坏不安之相……"这是最感人的情景，正如一位伟大的慈母即将远行之际，唯恐儿女们不知照顾自己的饮食起居，所以再三叮咛。佛陀对于自己的弟子总是充满悲心，他是人间最为多情的人。

在常人的眼中，他也是最无情的人，他弃家弃国，舍妻与子而不顾。但是，只要我们看看佛陀成道后的所作所为，便会明白其实无情有时也是多情。

　　佛陀在成道后第五年回到他的祖国——迦毗罗卫国，会见他以前的妻子耶输陀罗，其情其景，感天动地，令人肃然起敬。

　　十几年没有见到丈夫的耶输陀罗，在内宫里真是百感交集，时而气愤，时而又感觉到相逢的喜悦。可是见面的对象是佛陀，再也不是以前的悉达多太子，怎样见面才好呢？她想，佛陀和她相逢时，一定会对她讲些亲密的话；她又想到这是不可能的，因为佛陀是成就正觉的圣者。这十多年来，耶输陀罗一直是以眼泪打发着日子，如梦如烟，她的情绪千变万化地交织在心中。

　　一个是成了道的佛陀，一个是多情的妃子，佛陀怎样来跟耶输陀罗说话呢？佛陀见过父王大众以后，年幼的罗睺罗出来告诉佛陀：妈妈在等他。佛陀终于与耶输陀罗见面了，正当佛陀要向她说话的时候，耶输陀罗情不自禁地跪了下来，佛陀很慢很慢地对跪在地上的耶输陀罗说道："让你辛苦了，虽然我对你是抱歉的，但我对得起一切众生及我自己，请你为我欢喜。感谢你，我现在已达到历劫以来的本愿。"

　　证悟圣果的人，他不是没有感情，他有的是净化超脱的纯洁感情。从佛陀对耶输陀罗说的话之中，我们知道佛陀并不是不通人情。实在说，只是把那私爱净化以后，转而以一切众生为耶输陀罗，为罗睺罗了。

　　释尊自成道以来，调护众生，善尽教化，不论处于何种环境之下，总是温和宽大，持以中道，他没有说过一句出之于激越的话语，也没有做过一个诉之于情绪的动作。在他充满了悲悯之心的襟怀之中，同时也蕴藏着无限的智慧之光，所以他不论处理什么问题，尤其对感情问题，总是以善巧方便来让众生觉悟，从不以强制性的手段。这是人天的导师，佛之为佛者，其在于此。

爱的无常、当下、柔软

爱的无常

有人说，情爱一场，在法国是一出喜剧，在英国是一出悲剧，在意大利则是一出歌剧；如果在美国，现在的情爱已成为一场闹剧。不知道情爱在我们中国，是什么剧呢？

从报纸、电视等新闻媒体上，可以看到许多触目惊心的报导，不和谐情爱的结果不是毁容就是伤害、毒杀，制造了很多骇人听闻的丑陋事端。于是，很多人似乎觉悟了，认为这个世界并不存在真正的感情；有的人执迷不悟，仍然在苦苦地追寻那心目中的王子或公主，期望奇迹的发生。

世间流传着一个神话，在很早的时候，男女是合体的，但是由于触犯了上天的神灵，被天雷劈成了两半。所以，人的一生都在寻找他（她）的另一半，尽管路途遥远而艰辛，但是有的人找到了，有的人没有找到。而电影和电视剧却常常顺着这个思路不断地重复相同的情节：在某个特别的地方，在一个特别的时候，一个特别的人，正等着自己，冥冥之中注定两人要在一起了，毕生的幸福就会降临到这两个人的身上。

但是，感情世界真是太无常了，昔日的情人成为今日的仇人；前一刻她还是含情脉脉，现在她却是怒目圆睁；电话里他还是信誓旦旦，而当他出现在你的面前时，却是要来跟你说再见的。在西式的教堂结婚仪式上，双方都在神父面前发誓，将手放在《圣经》上，发誓要相爱一辈子，至死不渝。可能在发誓的那一时刻，双方都想当然地认为可以做到。

其实，我们的内心世界永远在不断变化着，感情也是如此。但是，人类由于天生的执著，对于这种无常根本不去面对，而坚持要找到一个"常"，所以海枯石烂、天涯海角，从而制造了无与伦比的痛苦。

这种无常要求我们能够认清感情世界的有限性与变动性，平静接受感情世界的种种变化。

爱的当下

佛教反对世俗生活的焦点在于"贪"。"贪"是希望将一个心爱的人或物占有，或希望将一个愉快的感觉能够不断重复，它是一种盲目的冲动。"贪"的背后有一种假设，就是以为世上有一些东西是我们可以无期限地拥有的，所以我们希望永远拥有自己的眷属，希望自己所爱的人永远不变心，希望能够永远生活在浪漫中。其实，在这个无常的世界中，又有什么是我们自己可以真正拥有的？所以，"贪"是一种无知或不肯接受现实的表现，那么苦则是必然的结果。

在很大程度上，一般所谓的"爱"其实只是一种"贪"，是妄想将一种快感无限期地延续下去，这是一种自我中心的表现，它的本质是占有欲。因此，一般的"爱"有种回报的心理，不少人在失恋的时候会有被欺骗的感觉，他们认为自己付出了许多，却得不到应得的回报。爱情对他们来说是一种投资，所以失恋时可能会杀人或自杀。真爱不应该是一种占有，而是一种奉献，是一种"无心"，没有任何机心，只是自然的流露而已。

禅宗强调"活在当下"，我们则说"爱在当下"。人生中真正的幸福，不在于得到自己所渴望得到的东西，实际上当我们得到这些梦寐以求的东西时，会觉得没有那种追求过程的快乐。真正的幸福，是学会珍惜及欣赏在当下中已存的美和乐趣。所以，如果你在热恋中，会想这段恋情有什么结果，这其实等于结束了这段恋情。我们不能掌握未来的幸福，只能保证当下的幸福。

很多人说，结婚是爱情的坟墓，这好像已成为至理名言。这其实就是因为将爱情的位置永远定位在过去的花前月下、甜言蜜语，而忽视当下的锅碗瓢盆、吵吵闹闹的现实生活。心里总是觉得，结婚前的她既温柔又漂亮，现在的她怎么这样啰唆、烦人；以前的他既温柔又体贴，现在的他为什么变得这么冷漠、无情。于是，爱情失去了炫耀的光环，过去的一切都是一种梦、一种谎言，一切好像都已经结束了，只剩下一种维持、无奈。

其实，换一个角度看，现在的她或他仍然非常可爱、温柔、体贴。锅碗瓢盆可以奏出生命的交响乐，吵吵闹闹似乎也乐趣无穷，这完全是一种"爱在当下"的心情。以前的他很好，现在的他更好；以前的她很温柔，现在的她更温柔。而这是因为，"爱"现在的他或她。

爱的柔软

爱情以玫瑰作为标志，就是意味着爱情要承受痛苦，所以流行歌曲中经常唱"爱情是一杯苦涩的酒"。痛苦是成熟的必由之路，但我们对痛苦的恐惧往往会成为对成长的阻碍。所以，流行歌曲又唱道："一颗惧怕破碎的心，是永远不会学会如何去爱的。"修行不是去逃避烦恼和痛苦，而是如何在烦恼痛苦中去"自我发现"，认识真理，这就是"烦恼即菩提"。我们不必去自寻烦恼，但它来临时我们不要去抗拒它，而要学会如何在痛苦中增长智慧，这就是柔软的生命。

玫瑰是有刺的，爱情似乎永远与猜疑、妒忌、怨恨和不安不能分开，但这并不意味着人类必须逃避爱情和婚姻。佛陀说"诸受皆苦"，生命不可能没有痛苦。痛苦是真实的、无法逃避的，所以平静地接受痛苦，不再与痛苦对抗。创伤与痛苦会使每一个生命变得更充实、更柔软。可以想象，一个从来没有跌倒、没有受过创伤的人，是很容易变得高傲和不能容忍别人的。

如果说爱情是一种浪漫，那么婚姻则是走向"后浪漫"的现实。现实总是有限制的，于是出现另外一种呼声——追求婚姻的自由，其实那是一种放纵、不负责任。真正的自由并不在于这些外在限制的消除，而是清楚地看到这些种种限制而不抱怨，反而能欣然接受它们，这样的自由才是真正的自由。

所以，婚姻是爱情的坟墓，意味着婚姻已经走向另一个阶段，是一种成长与深化。一位美国的佛教徒说："恋爱是心灵的冒险，婚姻则是心灵的安顿；恋爱是常轨的超越，婚姻是常轨的回归；恋爱是现实的抛离，婚姻却是现实的重认；恋爱像短暂的假期，婚姻则像长久的工作。"因此，尽管当爱情发生时实在动人心弦，但是人总不能永久地生活在浪漫中，就像我们不能无限期地放假一样。

恋爱与婚姻都是痛苦的，这是肯定的，但是这不能成为我们反对的理由。佛陀提倡觉悟，而正是在现实生活中，我们具有觉悟的智慧了。如果我们鄙视、诅咒、逃避恋爱与结婚，倒不如将它作为一次修行的机会，来激励自己成长。因为，恋爱与婚姻的所有问题，其实都是我们内心世界中的问题，而正是在柴米油盐中，我们发现了这些问题。修行人应该是欣赏问题的美丽，正如到一丛荆棘中，可以看到那些黄色的美丽小花。当我们觉悟了这些问题，其实问题本身也就不会成为问题了。

所以，一颗柔软的心，能够无条件地接受生命所带来的一切，这才是真正的爱。这是每一位在家佛教徒都应该记住的。

当下的幸福

这个世间什么是最珍贵的？不同的人或许有不同的答案。一般人都会认为"得不到"和"已失去"是最珍贵的，因为生命不可能重复，也不可能再去拥有"已失去"的幸福与快乐；"得不到"的事物永远充满神秘与好奇，令人倍觉珍贵。下面这个故事或许可以让你对这个问题有不同的理解。

从前，有一座圆音寺，每天都有许多人上香拜佛，香火很旺。在圆音寺庙前的横梁上有个蜘蛛结了张网，由于每天都受到香火和虔诚的祭拜的熏陶，蜘蛛便有了佛性。经过了一千多年的修炼，蜘蛛的佛性增加了不少。

忽然有一天，佛祖光临了圆音寺，看见这里香火甚旺，十分高兴。离开寺庙的时候，他不经易间抬头，看见了横梁上的蜘蛛。佛祖便停下来，问这只蜘蛛："你我相见总算是有缘，我来问你个问题，看你修炼了这一千多年来，有什么真知灼见。怎么样?"

蜘蛛遇见佛祖很是高兴,连忙答应了。佛祖问道:"世间什么才是最珍贵的?"蜘蛛想了想,回答道:"世间最珍贵的是'得不到'和'已失去'。"佛祖点了点头,离开了。

就这样又过了一千年的光景,蜘蛛依旧在圆音寺的横梁上修炼,它的佛性又大增。一日,佛祖又来到寺前,对蜘蛛说道:"你可还好?一千年前的那个问题,你可有什么更深的认识吗?"蜘蛛说:"我觉得世间最珍贵的是'得不到'和'已失去'。"佛祖说:"你再好好想想,我会再来找你的。"

又过了一千年,有一天,刮起了大风,风将一滴甘露吹到了蜘蛛网上。蜘蛛望着甘露,见它晶莹透亮,很漂亮,顿生喜爱之意。蜘蛛每天看着甘露很开心,它觉得这是三千年来最开心的几天。突然,又刮起了一阵大风,将甘露吹走了。蜘蛛一下子觉得失去了什么,感到很寂寞和难过。

这时,佛祖又来了,问蜘蛛:"蜘蛛,这一千年,你可好好想过这个问题:世间什么才是最珍贵的?"蜘蛛想到了甘露,对佛祖说:"世间最珍贵的是'得不到'和'已失去'。"佛祖说:"好,既然你有这样的认识,我让你到人间走一回吧。"

就这样,蜘蛛投胎到了一个官宦家庭,成了一个富家小姐,父母为她取了个名字叫蛛儿。一晃,蛛儿到了十六岁了,成了个婀娜多姿的少女,长得十分漂亮,楚楚动人。

这一日,新科状元郎甘鹿中试,皇帝决定在后花园为他举行庆功宴。来了许多妙龄少女，其中也包括蛛儿，还有皇帝的小女儿长风公主。状元郎在席间表演诗词歌赋，大献才艺，在场的少女无一不被他倾倒。但蛛儿一点也不紧张和吃醋，因为她知道，这是佛祖赐予她的姻缘。

过了些日子，说来很巧，蛛儿陪同母亲上香拜佛的时候，正好甘鹿也陪同母亲而来。上完香拜过佛，二位长者在一边说上了话。蛛儿和甘鹿便来到走廊上聊天，蛛儿很开心，终于可以和喜欢的人单独在一起了，但是甘鹿并没有表现出对她的喜爱。蛛儿对甘鹿说："你难道不曾记得十六年前，圆音寺的蜘蛛网上的事情了吗？"甘鹿很诧异，说："蛛儿姑娘，你漂亮，也很讨人喜欢，但你的想象力未免丰富了一点吧。"说罢，他和母亲一起离开了。

蛛儿回到家，心想：佛祖既然安排了这场姻缘，为何不让他记得那件事，甘鹿为何对我没有一点的感觉？

几天后，皇帝下诏，命新科状元甘鹿和长风公主完婚；蛛儿和太子芝草完婚。这一消息对蛛儿如同晴空霹雳，她怎么也想不通，佛祖竟然这样对她。几日来，她不吃不喝，穷究急思，灵魂就将出壳，生命危在旦夕。太子芝草知道了，急忙赶来，扑倒在床边，对奄奄一息的蛛儿说道："那日，在后花园众姑娘中，我对你一见钟情，我苦求父皇，他才答应。如果你死了，那么我也就不活了。"说着就拿起了宝剑准备自刎。

就在这时，佛祖来了，他对快要出壳的蛛儿灵魂说："蜘蛛，你可曾想过，甘露（甘鹿）是由谁带到你这里来的呢？
是风（长风公主）带来的，最后也是风将它带走的。甘鹿是
属于长风公主的，他对你而言不过是生命中的一段插曲。而
太子芝草是当年圆音寺门前的一棵小草，他看了你三千年，
爱慕了你三千年，但你却从没有低下头看过他。蜘蛛，我再
问你，世间什么才是最珍贵的?"蜘蛛听了这些真相之后，大
彻大悟，她对佛祖说:"世间最珍贵的不是'得不到'和'已
失去'，而是现在能把握的幸福。"刚说完，佛祖就离开了，
蛛儿的灵魂也回位了，她睁开眼睛，看到正要自刎的太子芝
草，马上打落宝剑，和太子紧紧地拥抱着……

　　过去的东西已经过去了，不可能再重复；未来的东西还
没有出现，所以最珍贵的是现在能把握的幸福。珍惜现在所
拥有的幸福，记住这是世间最珍贵的。

佛法谈"做人"

现代的心理学研究指出，当一个人有良好的人际关系，遇到问题时，有人可以和其讨论，或伸出援手，那么此人通常较能应付压力，不易被危机击倒。进一步看，如果要维持"社会支持"的系统（良好的人际关系），你必须具有"爱与被爱"及"付出"的能力。

一个人在事业或生活不顺利的时候，因为内心比较脆弱，所以很容易对他人产生期待。我们自己时常在这种情绪低落的时候，把我们见到的每个人都当作我们自己的朋友，向他倾诉我们的不幸，并渴望获得安慰与同情。

其实，世界上的许多人都是以自己为中心的，每个人的视角也完全是被自己先天或后天形成的思维框架所左右的，所以每个人都有不同的注意力，喜欢把注意力集中在自己感兴趣的事情之上，这样就会影响人类选择自己的群体，这就是"物以类聚，人以群分"。不是每个人都是我们可以依赖的朋友，有些可能让你痛哭流涕的事情，别人却可能觉得你想得太多、小题大做或能力不够等。

因此，人类需要真正的朋友，能够同喜同悲、同苦同乐，共同承担生命的痛苦，享受生命的快乐。

同时，事业的发展离不开良好的人际关系，但不应牺牲自己的追求与理想，去随波逐流。所以，在人际关系中也会经常出现"不合群"的现象。

我就是一个不太合群的人，在中国佛学院读书时，我总是一个孤独的人，一个人躲在房间里看书、写作，从来不会跟同学聊天。唯一跟同学玩的机会只有打羽毛球，除此以外，连看电视都是一个人。犹记得，我一般不会到教室里看电视，但是如果心血来潮，我会自己一个人坐在电视机前，从晚上八点到凌晨五点，也不用换频道。然后，五点半上早殿时，竟然跑去敲磬，大脑一片空白，但是磬位是不会错的。

到了南京大学后，刚入学时，我努力地跟同学相处，可是这种造作的融洽让我十分痛苦。半年后，我又回到自己的世界，一个人读书、上课，偶尔打打羽毛球。

有时候，为了合群，必须牺牲自己的爱好、时间，甚至以前途为代价，其实这是媚俗。还有一种原因，是因为性格孤僻、自我封闭，或是人品道德上低劣而让大家疏远。

"木秀于林，风必摧之。"我记得我师父曾经说过："我就是我，谁也代替不了我"，"走自己的路，让他们说去吧"。最主要的是，必须有自己的追求与理想。佛陀出家，肯定是不合群的表现；比尔·盖茨中途从哈佛退学，也不与大家心目中的"好学生"标准一致……

但是，我们强调这种不合群并不是傲慢，其实反而应该去处理好人际关系。佛法的人际关系学是以四摄即布施、爱语、同事、利行为中心。佛法中经常讲"布施结缘"，并且讲布施时应该三轮体空，即没有施者、受者、所施物的相，没有图回报的心。其实，现代情绪管理学对布施是极为重视的，布施即培养一个人的爱心，一个充满爱心的人，才能快乐地生活。而且这种爱心是无所求地给予，与别人并无所约定。

加州心理治疗师维史考特医生说："有期望的爱就是有条件的爱，你若需要别人的爱，才会觉得好过，你便迫切地期望他，你是在'害怕'的心情下付出你的爱，你不断担心他会不爱你。这不是爱，是依赖，其中少有快乐和喜悦。"

佛法中经常提到一句话"施比受更有福"，如果你想借付出获得回馈，那么不必了。付出者真正的收获来自心中的善，而非需求。只有心胸宽大的人才能快乐，在助人时能引发自己对生活的热爱，才能安妥渡过逆境。

布施不限金钱布施，还有劳力、欢喜、智慧等布施。唯有懂得布施的人，才是最富有的人。不管用语言、力量、精神还是用物质来布施，重要的是布施结缘，这是人际最好的善意表现。

对于自私的人，即在谈话中经常提到"我"的人来说，他们较易得冠心病。自私的人，过度注意自己，可能使孤独感和隔离感加强，而寂寞对人来说，是致命的。

一个拥有爱心的人，要从各个方面能关心别人，爱语即是柔和语、无诤语、质实语等，以鼓励代替责难，使人能从语言中得到益处。每一个人都喜欢别人的赞助、别人的爱护，不幸的是，人世间常发生吵架和误会，这乃是不懂爱语所致。若能善用爱来护人的话，不但能与人结缘，还会增进人与人之间的关系。

同事即是要设身处地为别人着想。慈爱的母亲，喂自己的小孩，本来是要把放置汤匙内的食物喂至小孩的口中，可是自己的嘴巴也跟着张开，这是由于内心的慈悲引发出来的同时的现象。多站在别人立场设想，如果是好事好话，就说你如何如何；假如欲要讲训诫的话，就说我们以后如何如何。

利行即是尽自己的能力，去做利益他人的行为。俗语说，给人方便，就是给自己方便，帮助别人就是帮助自己。有时候说一句话帮助别人，别人也会帮助你。我们在帮助别人的时候获得对自己的信心，从而更能爱自己，现代社会学指出，利他主义可能是我们生存本能的一部分。

佛陀在《善生经》中对人际关系给予了我们很清楚的指导，而且将父母、师长、妻儿、亲友邻居、奴仆、沙门六种关系，列为佛教徒应该敬仰的对象。

第一，父母与子女的关系。子女在双亲年老时负起扶养之责，代表双亲尽他们应尽的本分，保持家庭传统于不坠而光大门楣，守护双亲辛苦积聚的财富勿令散失，双亲死后妥为殡葬。父母对子女也有责任，避免子女堕入邪恶，教令从事有益的活动，予以良好的教育，为他们从良好的家庭中择配，并于适当时机付与家财。

第二，师长与弟子的关系。弟子对师长必须恭敬服从，师有所需，弟子必须设法供应，并应努力学习。另一方面，老师必须善巧训练弟子，使成良好模范；应当循循善诱，并为他介绍朋友；学业完成之后，更应为他谋职，以保障他生活的安定。

第三，夫妇关系。夫妇之爱在佛经中称为"居家梵行"，也就是说这种关系是应当赋予最高敬意的。夫妇应当彼此忠实，互敬互谅，向对方尽其应尽的义务。丈夫应当礼遇其妻，决不可对她不敬。他应当爱她，对她忠实，巩固她的地位，使她安适，并赠以衣饰珠宝，以博取她的欢心。佛陀甚至不忘记提醒丈夫应以礼物赠予妻子，足见他对凡夫的情感是何等了解、同情而具有人情味。妻子应当照料家务，接待宾客、亲友和受雇的佣工；对丈夫爱护、忠实，守护他的收入，并在一切活动中保持机智与精勤。

第四，亲邻关系。对于亲友邻居，彼此之间均应殷勤款待，宽大慈惠。交谈时应当态度愉快，谈吐优雅。应为彼此之福祉而努力，并应平等相待，不可争论。遇有所需，应互为周济，危难不相背弃。

第五，主仆关系。主人或雇主对他的雇工或奴仆也有好几种义务：应视其人的能力才干而分配工作及给以适量的工资，并应提供医药服务，并应随时酌发奖金。雇工应勤勿惰，诚实服从，不可欺主，尤其应该忠于所事。

第六，僧俗关系。在家众应当敬爱出家众及供养他们的物质需要。出家人应以慈心教在家众，以智识学问灌输他们，引导他们远离邪恶而走向善道。

所以，在人际关系上，佛法与现代情绪管理学，其结果与方法都有一定的相同之处。但在本质上，现代情绪管理学是从自我的快乐出发，因为我们能从帮助别人中而获得快乐；而佛法则从他人出发，这是同体大悲的表现。

佛教与心灵环保

——佛教在 21 世纪的使命

当世纪的钟声在耳畔响起时，历史的车轮又载着我们进入新的世纪。20 世纪已成为过去。过去的，将会成为永远，历史将会记下过去的一切。面对新的世纪，人类欢欣鼓舞，期盼着新的世纪将是一个美好的百年！

两千五百多年前，伟大的释尊创立了佛教，他的智慧光明，照耀着在苦海中升沉起落的人们。从此，佛教沿着漠漠黄沙的丝绸之路，传入东方文明古国——中国，形成了灿烂的中国佛教文化，并且逐渐传入韩国、日本等地区；同时，佛教漂洋过海，南传至泰国、缅甸、斯里兰卡等东南亚地区。特别是近百年以来，佛法从亚洲传播到欧洲、美洲、大洋洲等广大地区，成为世界三大宗教之一，对世界文明产生了深刻的影响。

20 世纪是工业化程度加深的世纪，人类在尖端科学文明的超高速道路上奔驰。人们的生活在物质上更加富裕和方便，从而迎来了物质文明的黄金时代。但是，人类并没有克服自身固有的贪、嗔、痴等缺陷，物质的万能并没有真正给人类带来精神上的自由、安宁和幸福。人类成为欲望的奴隶，在欲望的痛苦中挣扎。

世界的某些地区依然战火绵延，许多无辜的生命在战场中倒下，每天都有四万多名的儿童，在饥饿中死去。世界上现存的核武器，可以毁灭地球五十多次，人类的生存正受到严重的威胁。由于一味地追求利润，地球上的森林正在逐渐地消失，我们的天空不再湛蓝，绿树成荫、鸟语花香仿佛成为我们的神话；我们正面临着连吸一口新鲜的空气都成为一种奢侈的悲哀；多少的生命与财产，被无情的洪水所卷去；万物之灵的人们，极力呼吁着自己的人权与生存，却无情地剥夺着无数动物的生命，难道它们的生存就不重要吗？

所有的一切，都是因为我们人类卷入了物欲的漩涡，蒙蔽了我们本来自性清净的佛性，背离了缘起法和佛陀同体大悲精神的恶果。

21 世纪是一个全新的世纪，世界文明正在打破地域及时代之间的葛藤和隔阂，自然科学与人文科学、东方文明与西方文明，将会深层地整合，互相包容，从而使我们人类的智慧得到质的飞跃，迈入地球一家的"地球村时代"。随着经济文化的高度发达，人类对精神的需求将会逐渐增大，所以 21

世纪将是人类普遍回归宗教的世纪。而在诸多宗教中，充满着智慧与哲理，最易与科学接轨，能够担负起新世纪人类心灵"净化器"的重任的，只有佛教。我们佛教必然会赢得新世纪人类的青睐，在世界文明中扮演着更为重要的角色，在净化人心、保护环境、慈善救济、维护世界和平等方面，担负着不可推卸的使命。我相信，21世纪，将是我们佛教全面复兴与崛起的世纪。

世纪呼唤着佛教，芸芸众生早已久旱的心灵，渴望着佛法清凉智慧的灌溉。21世纪的佛教应该能为人类指明生活的方向，激起人们心灵深处的道德自律感，提升人的自主感，增强人的生命价值感与神圣感，所以必须大力弘扬佛法的"三世因果"等基本教理。因果是人类的道德观和价值观的基础，否定因果，实际上就是对社会道德、人生价值、自由解脱等的否定。近代以来，由于西方实证科学的发展，提倡生命是一次性的，没有前世，更没有后世。正是由于这种观念，人们不再需要对自己的生命负责，传统的自尊、自律、自觉的精神随着科学的发展反而日益消失。佛教主张生命只是一个过程，我们的生命在过去、现在、未来三世中不断流转着，我们的一切语言、行为、思想都会影响到生命的质量。所以，我们不但必须对此生此世负责，还必须对自己未来的生命负责，不断反省自我，提升自我，建立自尊、自律、自觉的精神。作为引导人类走向光明的新世纪文化，应当着重吸收和发扬佛教三世因果的观念。只有佛教的因果观念，才能引导人们重视自己的道德、自主精神和解脱。

　　人类虽然是万物之灵，然而破坏生态平衡与环境的根本源头却是我们自己，我们似乎意识到环境问题的严重性，提出种种可持续性发展战略，但是我们并没有真正解决人类自身的错误认识和价值取向。所以，佛教在环境保护方面可以发挥其特有的功能，净化人心，净化环境，实现人间净土。佛教认为世间万物的存在是"此有故彼有，此生故彼生"的缘起，无不从一定的因缘条件和合而互生，互相联系，互相依赖。佛教提倡依正不二，其实一切的依报都是我们自身的业力所感。说"天下名山僧占多"，我不大同意，应该说成"天下名山僧建多"，无数的祖师大德为建设清净的古刹，植树造林，养林护林，将荒山野岭建成一座座净化身心的寺院。因为我们佛教徒深深地懂得：我们对自然的破坏，其实就是对自己生命的摧残，不但会影响到我们自身的生命，而且会影响他人及子孙后代。

　　人类因为自己私欲的膨胀，为了满足自己的口腹之欲，对于动物无所不杀，无所不吃，竭泽而渔。我们人类自己贪生怕死，难道那些可爱的动物就不怕死吗？当我们听见半夜的屠杀声，难道不会动容而泪下吗？我们允许人类自己拥有生存的权利，为什么就不能给那些可爱生灵一条生路呢？佛教提倡生命是依业受生，我们众生在过去生中互为六亲眷属，只是现生现世，由于业力果报的不同，它们沦落到被人类屠杀的下场。但是，我们难道对自己眷属的生命，一点也不关心吗？佛陀还指出，一切众生皆有佛性，在佛性上是平等的，因此佛教提倡善待一切生灵，戒杀、放生，报众生恩，庄严国土，利乐有情。

虽然我们能够很幸福地生活在世上，但是这个世界上仍然有许多不幸的人，他们缺衣少粮，或者被疾病的痛苦所困扰，挣扎在生命的死亡线上；或者因为一时的错误，身陷囹圄，身心俱不安；还有更多的儿童因为经济的关系，失去了接受教育的机会。所以，我们佛教应该充分发挥慈善救济的功能，发扬菩萨"不为自身求安乐，但愿众生得离苦"的慈悲精神，伸出我们温暖的双手，去安抚那些痛苦的众生，让佛陀的智慧与慈悲沐浴着世界众生。所以，21 世纪的佛教应该引导信众积极投入经济建设，注重社会慈善救济，哪里有灾难，哪里就会看到我们佛教徒的身影，以慈悲的心灵、真诚的语言、无私的帮助感动着每一位众生。扶贫救济，施医施药，投身于希望工程，让青少年能够接受应有的教育。同时，我们不要忘记那些失足者和罪犯，他们的身心渴望着社会的帮助，所以我们应该义不容辞，去解决他们身心的不安。我们要以实际的行动体现出菩萨道无私奉献、利乐众生的精神，充分发挥服务社会、激励民众、安慰众生等社会功能，在社会民众中确立人间佛教的美好形象。

这是一种服务型的佛教社会职能，我们佛教以特有的智慧观察着人间，关心社会的每一个角落，对于每一个社会问题，我们都要从佛法的角度提出有益的解决办法，高瞻远瞩，为现实的人们提供一份"清凉剂",纠正现代化文明的误区,这是佛教对人类最重要的贡献与功能。面对新世纪,人类不仅需要信心、激情和冷静,更需要卓越的思想、深刻的理论、独立的思考和踏实的作风。对所有的一切,我们佛教都应该承担起应有的责任。

我们佛教不但要服务社会,而且要服务世界。世界的最大灾难莫过于战争,多少生灵惨遭涂炭,多少文明成果被战火毁于一旦,多少人背井离乡、无家可归。我们佛教一向都崇尚和平,反对任何形式的战争,在历史上也为人类的和平事业做出过巨大的贡献。21世纪的佛教,应该充分发扬爱好和平的教义,将我们佛教徒的心愿形成一种力量,在世界上形成一种呼声:我们爱好和平,反对战争!人类已经用鲜血铺洒了过去几千年的道路,所以我们要用我们佛教徒的声音呼唤作为万物之灵的人类,让人类不再用鲜血、用战争,而是用鲜花、用和平来建设21世纪!

战争的根源在于人类的"贪、嗔、痴",在于恣意向外扩张和征服,所以制止战争必须从心念上着手,用智慧和慈悲改变思维和心态,学会征服自己、改造自己、圆满自己,然后以自己的清净功德,行慈悲摄受,来消除战争的根源。我们祈求新世纪一路走好,希望战争能被制止和杜绝,让我们佛教思想深入人心,让和平成为人类的唯一!让我们人类能一路平安!只有道德的完善,只有慈悲文化的提升,人类社会才能变得更加安全。

21 世纪被称为精神的时代，我们佛教在新世纪的使命就是净化人心，促进环境保护，慈善救济，维护世界和平。这一使命是人类所盼望的共同命题，我们佛教徒应义不容辞地担负起这个使命，这是佛陀的本怀，是我们每一个佛弟子都应该遵循的。在这个新世纪的开始，我们祈祷佛陀的光明能够照耀着每一个众生，让这个世界充满着和平与安宁！

忘记了"我"

佛经上说，生命中的执著分为两种：我执与法执。我执是对生命个体的执著，对个体自身及以个体所有物都会有一种分别与依恋，很难舍去。但是，有时我们也会忘记了"我"。

有一只猴子被耍猴人捉住，十分害怕，以为一切都完了，只等死亡来临。谁知耍猴人不杀它，而是给它穿上红袍，戴上纱帽，教它抬起前脚直立着走路，又教它坐在椅子上抽旱烟，模仿人的模样与动作。

猴子学了几天，全学会了。耍猴人就让它骑在羊背上，叫羊驮着它飞跑，猴子很得意了；又让它坐在车上，叫狗拖着狂奔，猴子更加得意了，觉得自己比羊和狗都高贵。于是，猴子对它的伙伴羊和狗，总是爱理不理地摆出一副唯我独尊的架势。

有一天，耍猴人在城市大街上敲锣打鼓，招引许多看猴戏的小孩。当猴子戴着纱帽、穿起红袍登场的时候，孩子们哄笑起来："官老爷来了，官老爷来了！"猴子听见，更是万分得意，好像它真是一员大官了，拿起鞭子在它的伙伴身上狠狠地抽打着。它忘记了自己与羊和狗一样，同是耍猴人的奴隶啊！

另一个故事是说，一个神经质的记性不好的押差，押送一个光头的囚犯。因为他对这囚犯记不住，就想，他一个光头，只要记住"光头"就行了。一路上他反复叨念着他的所有东西："光头，文书，我；雨伞，包裹，枷。"包括"我"在内，一共六件东西，千万不要丢了什么。

他一件件点着、数着、叨念着他的全部："光头，文书，我；雨伞，包裹，枷。光头，文书，我；雨伞，包裹，枷。光头，文书，我……"光头囚犯看出来了，用酒把押差灌醉，剃光他的头发，掏出他的钥匙，将枷锁在他的脖子上，逃走了。

过了一会儿，押差醒过来，开始数点念叨。摸摸自己的光头，囚犯在这里；光头下面的脖子上，枷仍在；其他几件东西都在，只有"我"不见了。他很着急："我"呢？"我"到哪儿去啦？"我"不见了，"我"不见了！

这是两个笑话，但是我们这个世间的许多人何尝不是猴子或押差？本来我们有幸同为人，却互相残杀；有幸同为亲人，却互相仇恨；有幸同为爱人，却互相猜忌。我们忘记了自己的"本来面目"，做出许多禽兽不如的事情。

　　有时，我们会劝学佛者要放下执著。但是，如果我们执著自己是一位"人"，执著做一个堂堂正正的"人"，执著做一位虔诚的佛教徒，那么不妨还是执著点好！

选择一种生活方式

出家，真的是一种职业吗？

出家是一种职业，许多人都这样说。于是，剃头、穿袈裟、念经、坐禅成为一种"职业需要"了。所以，现在许多社会人为出家人给予了另外一种称呼——"职业和尚"。

但是，我们如何去界定"职业"呢？因为"职业"意味着一种工作方式，就是在工作时，你必须遵守职业的道德、制度、规定等。那么，穿工作服是一种职业需要；在外企工作，讲外语等是职业需要；等等。但是，一般的职业都有下班、周末、假期，这个时候就没有职业需要了，而是进入了私人生活模式：下班后可以回家，周末可以放松，假期可以度假。这时任何职业已经不能成为一种约束，人从而成为个体的自我。所以，公司的经理下班后，回家成为家里人的亲人，成为朋友的朋友；省长下班后，也是一个普通的人。

出家，这是一生的选择，没有下班，没有周末，没有假期，没有退休。修行是生生世世的愿望，这是从我们的内心世界生起的一种自我提升、自我觉悟的愿力。当万籁俱寂时，幽幽的钟声从山谷中传来，寺院一片灯火通明，朗朗的诵经声透过天空，在大山中回荡。当朝霞满天时，几声梆声后，出家人已经在用餐了，碗里只有咸菜与稀饭。寺院渐渐有各种声音了，那潇洒飘逸的身姿在红墙内外晃动，沉寂的生命力才慢慢地显露出来。拿起很大的扫把，扫着山径中的落叶；独自望着海上冉冉升起的朝阳，思索着生命的奥秘；打开那厚重的庙门，燃起悠悠的清香，迎接着十方的善男信女；回到安静的小屋，打开千古难逢的佛典，潜心研读；收起那颗散乱的心，坐在幽静而又神秘的禅堂里，观照生命的本质……

夜静了，香客、游客走了，香炉中的香还在燃着，一切白昼的喧嚣都停下来了，寺院又回到寂静的状态。一个个出家人，低垂着双眼，将生命的躁动与不安都停下来，安住于禅的境界中；或者大家口诵着佛号，从内心深处生起对美好生命与世界的追求；或者苦心研究教理，希望能将佛法的智慧传播到世人的心里，净化这片滚滚的红尘。

这种选择是选择一种职业吗？其实，职业、工作是为了生活，上班是为了下班，工作五天是为了周末，工作一年是为了假期，工作几十年是为了能够退休时有生活的保障。但是，寺院的生活是为了什么？为生命，为解脱，为众生。寺院里的一切劳作与修行，都是一种生活方式，是出家人所追求的生活方式。

所以，出家不是一种职业，而是一种生活方式。这是通过团体的生活，将个体的生命融入大众的生活，在大众的生活中提升生命的质量，实现生命的解脱；同时，又通过团体的辐射力，将生命的智慧传达给世人，促进个体与社会的共同进步。

选择出家，就意味着选择了一种生活方式，所以就必须按照这种方式去生活，这是一条"不归路"。选择就意味着自愿，所以没有任何强迫的成分，愿意接受这种方式，这样清规戒律便不是一种限制，而是实现理想的保证。当选择这种生活方式时，就必须放弃别的生活方式，只有放下过去的执著，生命才会有新的开始、新的进步。

所以，出家不是一种职业，而是一种生活方式，是一种清净而又艰辛的方式。

有求皆苦

　　"有求皆苦"，在这个充满竞争与追求的社会里，人们总是认为它已经不合时宜了。下面这个故事，或许有助于我们理解这句话吧！

　　张好运和一个极愚笨的人出于意外的原因，同时得到了命运之神的宠幸。命运之神说："我给你们一次中巨额奖金的机会，有花不完的硬通货。"张好运有额外的要求："我要比那笨人更多理性、智力，我应该在最后比他富有。"命运之神勉强答应了。

　　愚笨的人果然有了横财，他不断地消费，宝马香车、美人红酒，奢侈挥霍。中年以后，穷极无聊，成为赌场的常客。当钱所剩不多时，他也寿终正寝，结束了庸俗的一生。而张好运在死之前一天中了一亿美元的六合彩。命运之神满足了他的要求。这说明有时好处求得越多，死得越尴尬。

张好运第二次和一个极愚笨的人同时得到命运之神的宠幸，他又加上额外的要求："我要和那愚笨的人在年轻时同样富有，而且在最后比他富有。"命运之神请求他收回请求未果，悲伤地答应了他。

于是两个人同一天有了两亿美元。愚笨的人毫无创造性地当即过上了物质主义的生活，而张好运花了一天拟定比愚人高妙千倍的花钱计划。但是，第二天，张好运死了。命运之神真的再次满足了他的要求。这说明有时好处求得越多，死得越悲惨。

命运之神宠幸他们的第三次，张好运仔细思考了无缺憾的要求，以便使自己完全能占愚笨之人的上风，他说："我要和他在年轻时同样走运，终生比他有钱，而且长命百岁，这样，才能对得起我的智慧。"命运之神马上允许了。愚笨的人得到了三亿美元，聪明的张好运得到了一个精神病医生的护理。

命运之神的一条准则据说是：如果一个人处心积虑要把所有的好处拢给自己，就有病了。这就是"有求皆苦"吧！

知足常乐

快乐是一种平衡而满足的内在感受，但是人的欲望是无穷的，社会现实总是难以满足的。著名作家刘墉看到了人类贪婪本性的极致："旅客车厢内拥挤不堪，无立之地的人想：我是有一块立足的地方就好了。有立足之地的人想：我要是能有一个边座就好了……直到有了卧铺的人还会想：这卧铺要是一个单独包厢就好了。"世间的人们，大多如乘客一样。

所以，人类总是很难快乐，因为有那么多没有满足的欲望。这种不断攀升的欲望，促使我们努力去工作，去赚钱，于是我们的生活节奏越来越快，钱越来越多，可是我们并没有越来越快乐。为了钱，我们东西南北团团转；为了权，我们上下左右转团团；为了欲，我们上下奔跑；为了名，我们日夜烦恼。

佛法的中心是中道，对欲望也是如此。佛陀通过六年苦行，体会到禁欲对修道、悟道并没有任何意义。佛经中常以沙中榨油作为比喻，说明禁欲没有任何真实的利益与结果。当然，佛法反对纵欲。所以，佛法提倡"知足常乐"。

近代的弘一律师，淡泊物质，随缘生活。一条毛巾用了十八年，破破烂烂的；一件衣服穿了几载，缝补再缝补。有人劝他说："法师，该换新的了。"他却说："还可以穿用，还可以穿用。"

出外行脚，住在小旅馆里，又脏乱又窄小，臭虫又多，有人建议说："换一间吧！臭虫那么多。"他如如不动地说："没有关系，只有几只而已。"

平常吃饭佐菜的只有一碟萝卜干，他还吃得很高兴。有人不忍心地说："法师！太咸了吧！"弘一大师却恬淡知足地说："咸有咸的味道。"

一个有悟境的人，早已超然物外，不受物质的丰足或缺乏所系缚，贫穷不尝以为苦，富裕也不曾以为乐，觉得这样也好、那样也不错。不管物质好坏、境遇顺逆，精神一样愉快、轻安。

记得以前刚出家时，寺院正在大兴土木，我带着一脸的幼稚与对佛法的痴情，在石头、土、木头、水泥中慢慢地长大。庙很穷，和尚更穷，我们一个月的单钱是五块钱，这在现在简直是难以想象的事情，但确实是自己的亲身经历。可是，罪业深重的我，每当手中拿到这五块钱，就开始生病，身体总是有点小毛病。五块钱花完的时候，病也就好了。

当寺院给我每个月十五块的时候，我的病也更大了，如胃病之类。可是，花完这十五块的时候，病也会好的。就这样，半年下来，我都要求师公不要再给发钱了。

但是，我却觉得那是我生命中最快乐的时光。为了学习早晚功课，每天抄几句《楞严咒》带在身边，每当工地休息时，我便背几句。没想到，两个月后，我竟然学会《楞严咒》了。那时，刚出家的我，真的对什么都不懂，不要说佛法，就连那些活如挑土、混水泥、种菜、采茶等，我根本一窍不通。善知识难遇，我的第一个启蒙师父就是界参师父。他很慈悲，他似乎什么都懂，佛教的敲打唱念、做人的方法……他更是干活的能手，在他的带领下，我才慢慢地学会了各种技能。

界参师父是我们几个小和尚快乐的来源，每次在山上挖地或砍柴时，我们都跟他学习唱赞。那时，当那嘹亮的梵音回荡在大山，我们就拥有无穷的快乐。天真的我们，在那红尘不到的深山里，只有早晚功课，只有那大汗淋漓的体力劳动；没有音乐，没有电话，没有报纸，真的什么都没有，可是却感到无边的幸福、快乐。

因为简朴的生活不需要太多的物质，没有激烈的竞争，呼吸着自由的空气，体味着从容的人生乐趣。

"知足常乐"意味着我们能够找准自己的位置，而且能够在这个位置上尽最大能力地找到自己的快乐。所以，"知足常乐"并不是一种消极态度，这是对现实的一种正确的反应，而且提倡一种积极的"敬业精神"。

这是一个张扬的时代，热门话题、流行时尚、抢手职业、最新潮流，在社会的喧嚣热闹中，许多人失去了自我。一般人总是相信，当自己置身于热门行业、职业、话题中时，就俨然处于社会光环的中心，就会得到权力、地位和财富，就会得到快乐。等他们花尽毕生的力气去追求之后，才恍然大悟，原来期望的快乐并没有来，反而带来了痛苦。潮涨潮落，自己所追求的很多热门事物根本就不适合自己，或者那根本只是一种醒目的泡沫。

"人摆错了地方，就是垃圾。"很多时候，都是我们自己把自己当成了垃圾随地乱扔，不仅造成心理压力，而且污染环境。其实，市场经济十分强调将资源配置到最能发挥效率的地方。我们自己也是一种资源，应该寻找最适合我们的岗位，并且对自己的兴趣保持一分坚定与执著。我们说，这种精神就是"知足常乐"。

自我认同、自我回归

在一本书里，看到一位八十八岁高龄的老太太总结人生幸福有三诀："不要拿自己的错误惩罚自己""不要拿自己的错误惩罚别人""不要拿别人的错误惩罚自己"。很简单吧，只有三条！可是真的能做到吗？做到了，便会让我们活得轻松些。

"不要拿自己的错误惩罚自己"，就是说不要自己同自己过不去。作为凡夫的我们，一有过错，就会终日陷入无尽的自责、哀怨、痛悔。虽说这些心理状态在所难免，但是对于错误来说，它们毫无用处，只能带来更大的痛苦。错误的过去已经过去，应该拍拍身上的灰尘，重新走上人生的旅途。

"不要拿自己的错误惩罚别人"，就是说不要把自己的痛苦带给别人。人们都会为自己的过错而痛悔，但是受伤的虚荣心却还要疯狂地寻找能够掩饰伤口的更大虚荣。很多人失恋的人说，"如果我得不到她，我也不让别人得到她"，正是陷入了这种虚荣心的圈套。

"不要拿别人的错误惩罚自己"，这是我们以别人为参照物而造成的一种错误心理。比如，当大家都在等绿灯时，有个大胆的家伙看到前后没有车辆，于是便直闯红灯，接着人群便开始骚动，只有红灯在闪着无奈的红光了；别人都贪污受贿，我占这一点便宜算什么，于是，我们都犯下与别人同样的错误了。

在禅宗里，有一个白云守端禅师与他师父杨岐方会禅师的故事。有一次，他们二人对坐。杨岐问说："听说你的师父茶陵郁和尚大悟时说了一首偈，你还记得吗？""记得，记得，那首偈是：'我有明珠一颗，久被尘劳关锁；有朝尘尽光生，照破山河万朵。'"白云毕恭毕敬地回答说，难免有些得意。

杨岐听了，大笑数声，一言不发地走了。

白云愣在那里半天，心里特别纳闷为什么师父听了偈而大笑。他整天都在思考着师父的笑，但是却找不出任何原因。那天晚上，他辗转反侧，苦苦地参了一夜，无法成眠。

第二天，白云实在忍不住了，大清早就去请教师父："师父听到郁和尚的偈，为什么大笑呢？"杨岐禅师笑得更开心，对着眼睑因失眠而发黑的弟子说："原来你还比不上一个小丑，小丑不怕人笑，你却怕人笑！"白云听了，豁然开悟。

参禅开悟不能将心思寄托在别人的身心上。因别人而欢乐、痛苦，哪能得大自在，哪能见性成佛。

　　杨岐方会禅师在追随石霜慈明禅师时，也和白云遭遇了同样的问题。有一次，他在山路上遇见石霜，故意挡住去路，问说："狭路相逢时如何？"石霜说："你且躲避，我要去那里去！"

　　又有一次，石霜上堂的时候，杨岐问道："幽鸟语喃喃，辞云入乱峰时如何？"石霜回答说："我行荒草里，汝又入深村。"

　　人人都有一面镜子，镜子与镜子间虽可互相映照，却是不能取代的。若把自己的喜怒哀乐寄托在别人的喜怒哀乐上，就是永远在镜上抹痕，找不到光明落脚的地方。

　　其实，没有人能够左右你的情绪，除了你自己。阴雨天气本身不能够使人抑郁，如果你抑郁，那是因为你自己对天气的反应使你感到抑郁。我们常说："你真伤我的心。"其实更确切的表达应该为："我伤了我自己的心，因为我是根据你的态度看自己的。"我们会说："她很讨人喜欢。"确切的表达应该是："我一见到她，就让自己喜欢她。"我们有时心想："我一到高处就害怕。"但是确切的表达却是："我一到高处就吓唬自己。"

　　一个正常的人，应该可以控制自己的思想与感情，所以有必要对所接收的信息做出自己的理性判断。所以，有时应该排除甚至不接收一些不必要的信息，以控制自己的精神世界。千万不要在大脑里形成这样的观念："在遇到什么事情的时候，自己应该具有怎样的一种心情"；更不应听信别人对你的这些话:"你应该笑""你应该哭"。

别人的痛苦与快乐是由别人主宰的,我的苦乐则应由我自己做主。如果由别人主宰了自己的苦乐,就如一个陀螺,因别人的绳索而转,转到力尽而止,又如何对生命有智慧的观照呢?

比如说,丈夫忘记了妻子的生日,妻子本来没觉得有什么。同事却说:"他怎么能这样对你呢,你该多伤心呀!"妻子果然十分伤心起来。其实,丈夫忘记了妻子的生日,并不能说明丈夫对妻子的感情起了什么变化,忽视了妻子的存在。他或许真的太忙了,他或许从来不用这种方式来表达自己的爱。而妻子的伤心,却是由别人大惊小怪而引起的,从而对自己的情绪造成影响。

我记得一次讲座时,有一位年轻的小姑娘向我诉说自己的苦恼:她爱上一个小伙子,可是别人都说这位小伙子有许多缺点,所以她十分犹豫,不知道该怎么办。其实,青菜萝卜各有所爱,爱情是自己的感受,别人无法代替。如果反过来说,别人认为你应该喜欢某个人,你就应该去爱他吗?

"自我认同",就是对自己的生命有一种自己的思想、感情、行为等方式。每一个生命有一种生命点,每个人在这个社会都有一个位置。"自我认同",所以要寻找自己生命的支点与位置。

"自我回归",能够透过对生命的认知,让动荡的心回归宁静与平和。我们经常使生命过度劳累,尤其应付生活中的冲突、矛盾，使人们身心疲惫。生活会让我们有一种"不想活下去"的感觉，一种强烈的厌倦感。因为生命在不断地透支，没有让它休息，补充生命的"维生素"。

静坐的功能，就是在修补我们的生命线，提炼生命的营养素。从静静的一呼一吸中，让生命慢慢地安定下来，进而达到心神的集中。当我们心力集中时，必能摆脱平日错误百出的无力感，而得心应手地处事。只有收回那颗奔放放逸的心，让它向内直观，则生命力的发挥必如草木得到滋润的泉源。

所以，台湾作家林清玄说："小丑由于认识自我，不畏人笑，故能悲喜自在；成功者由于回归自我，可以不怕受伤，反败为胜；禅师由于反观自我如空明之镜，可以不染烟尘，直观世界。认识、回归、反观自我，都是通过自己做主人的方法。"

随缘、随意、随遇、随喜

从前有个书生，和未婚妻约好在某年某月某日结婚。而到那一天，未婚妻却嫁给了别人。书生受此打击，一病不起。家人用尽各种办法都无能为力，眼看着书生奄奄一息。

这时，路过一游方僧人，得知情况，决定点化一下他。僧人到他床前，从怀里摸出一面镜子叫书生看。书生看到了茫茫大海，一名遇害的女子一丝不挂地躺在海滩上。

路过一人，看一眼，摇摇头，走了……

又路过一人，将衣服脱下，给女尸盖上，走了……

再路过一人，过去，挖个坑，小心翼翼把尸体掩埋了……

疑惑间，画面切换，书生看到自己的未婚妻在洞房花烛夜被她丈夫掀起盖头的瞬间……书生不明所以。

僧人解释道：那具海滩上的女尸，就是你未婚妻的前世，你是第二个路过的人，曾给过她一件衣服。她今生和你相恋，只为还你一个情。但是她最终要报答一生一世的人，是最后那个把她掩埋的人，那人就是她现在的丈夫。

书生大悟，"唰"地从床上坐起，病愈！

这个世界上，很多时候我们看起来非常杂乱无序的事件，背后仍然有其自己的因果定理。因此，不用责怪命运的不公，一切都是缘。

缘这个东西，是最不可思议的。电影《不见不散》的主题歌这样唱道："这世界说大就大，说小就小。就算是我们今生的约定，也要用一生去寻找……"

我们都在参加一场化装舞会，我们都在苦苦地寻觅那种触电的感觉。但是，我们都戴着面具，只有拿下那伪装的面具，才会发现真实的世界。我们都在缘的世界里，分分合合，缘聚缘散。

缘分这东西不可强求。该你的，早晚是你的；不该你的，怎么努力也得不到。但无论任何时候，我们都不要绝望。不要放弃自己对真、善、美的追求。人生的价值，在某种意义上讲，就是爱和被爱的成熟。当真爱来临，也就成熟了。

随缘，

随意，

随遇，

随喜。

胡萝卜、鸡蛋、咖啡

生命总是充满苦难的，古人常说"人生在世，不如意事十有八九"。面对逆境与困难，关键在于要拥有一颗面对逆境的心，能够面对困难而不退屈。

从前，有个厨师的儿子对爸爸抱怨他的生活，抱怨事事都那么艰难。他说："我真不知道该怎样应付生活，简直要自暴自弃了。我觉得生活和学习的压力已经超过我所能承受的极限，好像一个问题刚解决，新的问题就又出现了。"

当厨师的爸爸把儿子带进厨房。他先往三只锅里倒入一些水，然后把他们放在旺火上烧。不久，锅里的水烧开了。他往第一只锅里放些胡萝卜，第二只锅里放入鸡蛋，最后一只锅里放入的是碾成粉状的咖啡豆。他将它们浸入开水中煮，一句话也没有说。

儿子不知道爸爸要干什么，不耐烦地等待着，以为爸爸要煮东西给他吃，来安慰他。

大约二十分钟后，爸爸把火关了，把胡萝卜捞出来，放入一个碗内，把鸡蛋捞出来放入另外一个碗内，然后又把咖啡舀到一个杯子里。做完这些后，他才转过身来问儿子："你看见什么了？"

"胡萝卜、鸡蛋和咖啡。"儿子回答。

爸爸让儿子靠近些，并让他用手摸摸胡萝卜。他摸了摸，注意到他们变软了。爸爸又让儿子拿出一只鸡蛋并打破它，将壳剥掉以后，儿子拿到的是只煮熟的鸡蛋。

最后，爸爸让他啜饮咖啡。品尝到香浓的咖啡，儿子笑了，他怯声问道："爸爸，这意味着什么？"

爸爸解释说，这三样东西面临同样的逆境——煮沸的开水，但其反应各不相同。胡萝卜入锅前是强壮的、结实的，毫不示弱；但进入开水后，它变软了，变弱了。鸡蛋原来是易碎的，它薄薄的外壳保护着它呈液体的内在，但是经过开水一煮，它的内在变硬了。粉状的咖啡豆则很独特，进入沸水后，它们倒改变了水。

每个人在生活中都会遇到许多困难和问题，你有权决定自己对逆境的态度和自己的前途。在艰难和逆境面前，你可以学胡萝卜、鸡蛋或是咖啡豆。你可以屈服，也可以使自己变得更坚强——甚至，你可以改变环境！

相遇，不是用来生气的

有一位金代禅师非常喜爱兰花，平日弘法讲经之余，他花费了许多的时间栽种兰花。

有一天，他要外出云游一段时间，临行前交代弟子要好好照顾寺里的兰花。在其云游期间，弟子们总是细心照顾兰花，但有一天在浇水时却不小心将兰花架碰倒了，所有的兰花盆都跌碎了，兰花散了满地。弟子们都因此非常恐慌，打算等师父回来后，向师父赔罪领罚。

金代禅师回来了，闻知此事，便召集弟子们，不但没有责怪，反而说道："我种兰花，一来是希望用来供佛，二来也是为了美化寺庙环境，不是为了生气而种兰花的。"

金代禅师说得好！"不是为了生气而种兰花的"，而禅师之所以看得开，是因为他虽然喜欢兰花，但心中却无兰花这个障碍。因此，兰花的得失，并不影响他心中的喜怒。

相遇，不是用来生气的。

我们总是有许多烦恼的事，无论是在工作上，还是在生活中。而且，我们很容易把自己不好的情绪发泄给周围最亲密的人，我们只在乎自己受到了委屈，却忽视对方的感受，因此不自觉地伤害了别人。情绪本来就是一种飘忽不定的感受，随时都在改变，而当我们因为自己的委屈而伤害了别人，反而会加重自己和别人的不良情绪，而造成恶性循环。所以，相遇不是用来生气的，让我们主动给自己一个微笑，给别人一个微笑，让世界多一些微笑的因子！

同样地，在日常生活中，我们牵挂得太多，我们太在意得失，所以我们情绪起伏，我们不快乐。在生气之际，我们能否多想想？

"我不是为了生气而工作的。"

"我不是为了生气而交朋友的。"

"我不是为了生气而与你做夫妻的。"

"我不是为了生气而生儿育女的。"

那么，我们会为我们烦恼的心情辟出另一番安详。

人生四部曲

一、 误会

日常生活中，我们经常会有误会，并且造成人际关系的紧张。误会往往在人不了解、不理智、无耐心，缺少思考，未能多方体谅对方，反省自己，感情极度冲动的情况下发生。我们坚持自己的正确性，一心只想到对方的千错万错，因此，彼此之间的误会越陷越深，达到不可收拾的地步。

早年在美国阿拉斯加，有一对年轻人结婚，婚后生育时，他的太太因难产而死，遗下一个孩子。他忙于生活，又忙于看家，没有人帮忙看孩子。因而他训练了一只狗，那狗聪明听话，能照顾孩子，咬着奶瓶喂奶给孩子喝，抚养孩子。有一天，主人出门去了，叫狗照顾孩子。他到了别的乡村，因遇大雪，当日不能回来，第二天才赶回家，狗立刻出来迎接主人。他把房门打开一看，到处是血，抬头一望，床上也是血，孩子不见了，狗在身边，满口也是血。主人看见这种情形，以为它狗性发作，把孩子吃掉了，大怒之下，拿起刀来向着狗头一劈，把狗杀死了。

他冷静下来的时候，突然听到孩子的声音，又见他从床下爬了出来，于是抱起孩子查看，虽然身上有血，但并未受伤。他很奇怪，不知究竟是怎么一回事，再看看狗身，腿上的肉没有了，旁边有一只狼，口里还咬着狗的肉。原来，狗救了小主人，却被主人误杀。这真是可悲的误会！

二、 钉子

有一个坏脾气的男孩，他父亲给了他一袋钉子，并且告诉他，每当他发脾气的时候就钉一个钉子在后院的围栏上。第一天，这个男孩钉下了三十七根钉子。慢慢地，每天钉钉子的数量减少了，他发现控制自己的脾气要比钉下那些钉子容易了。他告诉了父亲这件事情。父亲又说，从现在开始，每当他能控制自己脾气的时候，就拔出一根钉子。一天天过去了，最后男孩告诉他的父亲，他终于把所有钉子给拔出来了。

父亲握着他的手，来到后院说："你做得很好，我的好孩子，但是看看那些围栏上的洞。这些围栏将永远不能恢复到从前的样子。你生气的时候说的话，就像这些钉子一样留下疤痕。如果你拿刀子捅别人一刀，不管你说了多少次对不起，那个伤口将永远存在。话语的伤痛就像真实的伤痛一样令人无法承受。"

发脾气对于人来说，是家常便饭，我们也从来没有想到发脾气对别人造成的伤害。我们总是在不断发脾气，然后不断地向别人说"对不起"，其实伤害是无法泯灭的。如果我们都能从自己做起，开始宽容地看待他人，相信你一定能收到许多意想不到的结果。为别人开启一扇窗，也就是让自己看到更完整的天空。

三、 且慢下手

在工作中乃至在人际关系中，我们很喜欢当机立断。当然有些时候这是一种好方法，但是否显得太过匆忙了？我们很容易受到"第一印象"或"第一感觉"的影响，对事物马上做出反应，并且马上采取行动。但是，看完下面这个故事，你可能需要且慢下手，因为有些需要长期的观察，"路遥知马力，日久见人心"不是没有道理的。

我有位朋友，买了栋带着大院的房子，他一搬进去，就对院子进行全面整顿，杂草杂树一律清除，改种自己新买的花卉。某日，原先的房主回访，进门大吃一惊地问，那些名贵的牡丹哪里去了。我这位朋友才知道，他居然把牡丹当草给割了。后来他又买了一栋房子，虽然院子更为杂乱，他却按兵不动。果然，冬天以为是杂树的植物，春天里开了繁花；春天以为是野草的，夏天却是锦簇；半年都没有动静的小树，秋天居然红了叶。直到暮秋，他才认清哪些是无用的植物而大力铲除，并使所有珍贵的草木得以保存。

四、 宽大

这个世界上有许多不幸的人，他们无法享受到正常人的快乐与幸福，因此需要我们的关心与帮助。请不要吝啬我们的爱心与慈悲心，因为它会让你拥有真爱与真正的快乐。在关心与帮助别人的同时，我们内心中的快乐与幸福是最大的回报，这是无价的。

下面是一个关于越战结束后一士兵的故事。

士兵打完仗回到国内，从旧金山给父母打了一个电话："爸爸，妈妈，我要回家了。但我想请你们帮我一个忙，我要带我的一位朋友回来。"

"当然可以。"父母回答道，"我们见到他会很高兴的。"

"有些事情必须告诉你们，"儿子继续说，"他在战斗上受了重伤，他踩着了一个地雷，失去了一只胳膊和一条腿。他无处可去，我希望他能来我们家和我们一起生活。"

"听到这件事我们很遗憾，孩子，也许我们可以帮他另找一个地方住下。"

"不，我希望他和我们住在一起。"儿子坚持。

"孩子，"父亲说，"你不知道你在说些什么，这样一个残疾人将会给我们带来沉重的负担，我们不能让这种事干扰我们的生活。我想你还是快点回家来，把这个人给忘掉，他自己会找到活路的。"

就在这个时候，儿子挂了电话。

父母再也没有得到他们儿子的消息。过了几天，他们接到一个旧金山警察局打来的电话，被告知，他们的儿子从高楼上坠地而死，警察认为是自杀。

悲痛欲绝的父母飞往旧金山。在陈尸间里，他们惊愕地发现，他们的儿子只有一只胳膊和一条腿。

五、 最后的话

这是我的朋友给我转发过来的故事，我在故事前面加上了一些自己的话。您一路看下来以后，一定有很深的感触吧。在对别人有所决定或判断之前，先想想这是否是一个误会；然后，再考虑您是否一定要钉下这个钉子。如果可以，请且慢下手。因为您对别人宽大，即是对您自己宽大。

一根刺的启示

在《圣经》里有这样的一个故事。

在耶稣所有的门徒中，保罗是非常特殊的一位，他不但有学问，有才干，而且有统御的能力，是当时众教会的领袖。

可是保罗身上有一根刺。保罗在给哥林多教会的信中并没有明说这根刺代表什么。许多解经家猜测，这根刺可能指的是保罗的眼疾，也可能是指保罗的牢狱之灾。不论是什么，以保罗灵命之刚强、信心之坚定，他以"刺"来形容，可见带给他的痛苦有多么深切，以至于三次去求告主，叫这根刺离开他。

不过上帝并未应允他，只告诉他"我的恩典足够你用的"。上帝之所以允许这根刺留在保罗身上，目的是以防他过于自高自大。以保罗当时的地位、声望，以及受信徒拥戴的程度，他是有资格虚荣骄傲的。上帝以一根"刺"提醒他，他既然是神的仆人，就当柔和谦卑，成为众人的榜样和见证。

所以，保罗感谢他的"刺"，并且"以软弱、凌辱、急难、逼迫、困苦为可喜乐的"。因为保罗知道，他什么时候软弱，什么时候就可以靠主刚强了。

很多时候，我们身上也有这样的一根"刺"，或许是身体上的疾病伤痛，或许是家庭的变故不幸，或许是感情上的挫折、事业上的打击……"刺"很痛，刻骨椎心。

在佛法里，这一根"刺"到处可见。人们在考虑僧人落发为僧的动机时，总是将其归结于情场的失意、商场的失败、生活的挫折等等。是啊！我们确实有很多僧人是因为这根"刺"而出家的，但是世间的人们看不见这根"刺"背后的因素：一种看破、放下的勇气，一种追求解脱与圆满的心。而这种勇气与心，需要这根"刺"去触动才会生起，但是并非所有人经过这根"刺"的触动都会生起出离的心，这就是善根。

出家以后，老修行者就会告诉初学者，"修行要带三分病"，这是我们常人怎样也无法理解的问题，这不是找罪受吗？不过，当一个人失去健康，时时面对死亡之威胁，你就会发现得失荣辱、是非恩怨实在没有什么值得计较；当命运将你逼到绝境，自然能滋生"置之死地而后生"的勇气和信心。

每根"刺"都有一个故事，但是不一定都是好故事，关键在于我们要去接纳这根"刺"，仔细聆听内心深处最幽微的声音。

生命的顽强与安详

每次走进那庄严的殿堂，看到莲花座上安详的佛陀时，我心中总是充满无比的感动。

生命的感动源于内心深处的震撼，脆弱的心灵受到强有力的冲击时，再也难以平静下来。但是，平常人很少看到这样的佛像：在苍翠浓郁的菩提树下，端坐着一位修行人，他目陷鼻高，颧骨显露，身体消瘦，面目全非。他就是我们的佛陀，六年的苦行，行常人所难行，忍常人所难忍。虽然后来释迦太子放弃了苦行，终于觉悟而成等正觉，但是，如果没有六年的苦行，怎么会有菩提树下的觉悟呢？如果没有生生世世的努力与苦修，怎么会有今世的修行成就呢？

我们现在已经很少看到这样的佛像了，也很少向人弘扬佛陀的六年苦行了，这段故事变得苍白、斑驳，但是它依然触目惊心。每当我看到越来越多的生命在繁华的红尘中湮没时，总会想起六年苦行的佛陀。这是一个充满欲望的时代，人们以满足欲望为自豪，于是那双肉眼逐渐遮住了心中的慧眼。这是一个追求个性的时代，张扬的个性无处不在，奇装怪服掩藏着一颗浮躁的心灵。这是一个追求流行的时代，那卷起的流行风，比台风还快，于是人们在"风"中忘记了自己。于是，所有的理想、本质、灵魂的追求都成为过去。人们抓住了表象、假象、病象、幻象，满足于过眼云烟、残山剩水。其实，唯有心灵的眼睛才能抓住本质、真如，那才是本心的现量。

社会的竞争越来越强烈，越来越残酷，于是对生命的顽强提出更高的要求。但是，我们似乎更加脆弱了，精神病医院里人满为患，脆弱的心灵更加疯狂了，一种"恶性循环"正在冲撞着人类文明的堤坝。我的眼前恍恍惚惚，我不知道人类原本就是一些幻影呢，还是说，世界本身就是一个幻影？

各种功利的口号充溢世界的每一角落，即使在清净的红墙绿瓦里，在晨钟暮鼓下，一颗颗凡夫的心灵仍在呐喊着，渴求着伟大的佛陀给予更多的功利。于是，修行变成了一种贸易交换，今世的努力只为了换来来世的幸福，一声声佛号后面夹杂着凡夫的贪、嗔、痴。而且，我们提倡在快乐中修行，在生活中修行，将真正无上的生命顽强消融于生活的享受中了。

我们追求生命的安详，欣赏着生命的美丽，追求着生命的快乐，但是这一切都需要生命的顽强。只有顽强的生命才能换来那永不泯灭的微笑，"不经一番寒彻骨，怎得梅花扑鼻香"是最好的注脚吧！

当下是最好的安排

在深山一座小庙里有一尊观世音菩萨像，十分庄严，而且十分灵感，所以，专程到寺院祈祷、许愿的人特别多，香火特别旺盛。寺院里只有一位看门的老和尚，他觉得坐在台上的菩萨太辛苦了，每天要应付这么多人的要求，于心不忍，他希望能够分担菩萨的辛苦。

有一天他在礼拜观世音菩萨时，向菩萨表明了这份心愿。突然，他觉得菩萨说话了："好啊！我下来为你看门，你上来坐在莲花座上。但是有一点：不论你看到什么、听到什么，都不可以说一句话。"老和尚觉得这个要求很简单，便同意了。于是，观世音菩萨下来变成了老和尚，而老和尚则变成了观世音菩萨，坐在莲花座上。前来顶礼的人络绎不绝，老和尚依照先前的约定，静默不语，聆听着信徒们的心声。信徒们的祈求千奇百怪，有合理的，有不合理的。但无论如何，老和尚都强忍下来，没有说话。

有一天，来了一位富人，他礼拜完后，竟然忘记拿手边的钱袋便离去了。老和尚看在眼里，真想叫这位富人回来，但是，他憋着不能说。接着来了一位穷困潦倒的乞丐，他祈祷菩萨能够帮助他渡过生活的难关。当要离去时，他发现了先前那位富人留下的袋子，打开一看，里面全是钱。乞丐高兴得不得了，连忙向观世音菩萨跪拜：菩萨真好，有求必应！万分感谢地离去。莲座上假扮的观世音菩萨看在眼里，很想告诉他，这不是你的。但是，他跟真正的观世音菩萨约定在先，他仍然憋着不能说。接下来，有一位要到前线打仗的年轻士兵到来，他来祈求观世音菩萨能够保佑他平安地回来。正当要离去时，那位富人冲进来找钱，看见士兵，便认为他拿了自己的钱。士兵不知事情的真相，二人便吵起来。

这时候，莲座上假扮的观世音菩萨实在忍不住了，遂开口说话了。两人一看菩萨都开口说话了，事情便一清二楚了，于是富人便去找那位乞丐，士兵则匆匆地奔赴前线。这时，真正的观世音菩萨出现了，指着莲座上的老和尚说："你下来吧！那个位置你没有资格坐了。"老和尚说："我把真相说出来，主持公道，难道不对吗？"

观世音菩萨说："你懂得什么？那位富人并不缺钱，他那袋钱对他来说实在不算得什么，可是，对于那位乞丐，却可以生活一辈子；最可怜的是那位士兵，如果那位富人一直缠下去，就会延误他上前线的时间，他还能保住一条命，而现在，他所在的部队正在遭到敌人的轰击，他被敌人的子弹射中身亡了。"

这是一个听起来像笑话的寓言，却透露出：在现实生活中，我们总是希望自己的愿望能够实现，但是现实却总不如我们的意，于是伤心、懊恼。但是，我们必须相信，目前我们所拥有的，不论顺境还是逆境，都是对我们最好的安排。若能如此，我们才能在顺境中感恩，在逆境中依旧心存喜乐。所以，禅宗的祖师们总是教导我们：生活在当下。

因为，只有当下是最好的，是最美的。

人生的最后时刻

　　生命，人类永恒的话题，也是一切宗教、哲学、文学、艺术所共同探讨的话题。人类生命的韵律也只是弹奏着从生至死的几十年光阴，最多一百多年。死，似乎太平常了，但往往又令人最难以接受，就如窗外盛开的丁香花，有谁愿意看到片片落英、纷纷凋谢的情景？然而，这是自然规律，也是永恒的定律，无论人类科学文明多么进步，都要受这个规律所支配。

　　虽然自己才虚度二十五个春秋，但是也深深体会到了生命的悲哀，许多熟悉可爱的人都在我身边消失了：和蔼可亲的邻居老大爷，生龙活虎的同学，正当壮年的叔叔……有时，我又隐隐约约地感到死去的人的存在，脑海中总能浮现一点生命的信息。佛说：人生无常。佛教对生命的终极关怀，不但在精神上给予现世的超脱，更给予来世的安慰。佛教很强调临终的一念，因为临终一念的善恶，能决定来世的升沉，所以善终为五福之一。

世俗社会中，古语常说："鸟之将死，其鸣也哀；人之将死，其言也善。"一个人无论是一世为善还是作恶多端，无论是真实了一生还是虚伪了一世，在临终之际，面对死亡，他都会口吐真言：或是对生的留恋、情的倾诉，或是对爱的回忆、恨的忏悔，或是对那即将前往的冥冥之地说一句超然的短语，人生的真谛尽在其中。

午睡前，随手翻阅买来许久未读的《名人的最后时刻》，看这些名人的临终时刻，你可以感到生命的浮幻与无奈。他们生前无论是叱咤风云还是恶贯满盈，也许他们流芳万世，被后人所仰慕，但是对于他们自己而言，一把黄土已是他们最终的归宿。生命也许只有如此，才是真正的平等吧！

林语堂的文学生涯跨越了半个多世纪，他从一个"龙溪村家子"，经过多年刻苦学习，而成为著译达三十多部的作家、学者，在海内外获得相当的声望。当他清醒地等待着那最后一刻的来临，他发表了对于生与死的独到见解，他说：

> 我觉得自己很福气，能活到这一把岁数。和我同一时代的许多杰出人物都已作古，无论一般人的说法如何，能活到八九十岁的人可谓少之又少了。胡适、梅贻琦、蒋梦麟和顾孟余都去世了，斯大林、希特勒、丘吉尔和戴高乐亦然。那又怎么呢？我只能尽量保养，让自己至

少再活十年。生命，这个宝贵的生命太美了，我们恨不得长生不老。但是冷静地说，我们的生命就象风中的残烛，随时都可以熄灭。生死造成平等，贫富贵贱都没有差别。

这位享誉文坛学界的名人，以其敏锐的思辨力体验到生命的真谛，但是作为凡夫的他终究没有悟透生命，他仍希望保养自己，让他再活几年，表现出他那对生命的深深贪恋。

一般人活着的时候，就只知道吃喝玩乐，只知道争名逐利，不知道为自己的生命寻求方向，安排归宿，只是昏庸地得过且过，一旦大限来到，就什么都是一场空了！所以，要先懂得如何生，才能懂得如何死，孔子说的"未知生，焉知死"就是这个道理。

佛教是重视生死的，并以解脱生死为其修行目的。学佛者通过对佛法的真实了解，对生命便有正确的认识，便能勘破生死的阴霾，穿越时空的限隔，对生死都能坦然面对、无所畏惧，如此一来，死亡自然会成为一件美好的事。佛门中人物对生命的超脱，是任何人都难以媲美的。

如宋朝的德普禅师，便十分洒脱地遗世。有一天，他把徒弟都召集到跟前来，吩咐大家说："我就要去了，不知道死了你们如何祭拜我，也不知道我有没有空来吃，与其到时师徒悬念，不如趁现在还活着的时候，大家先来祭拜一下吧！"弟子们虽然觉得奇怪，却也不敢有违师命，于是大家欢欢喜喜地聚在一起祭拜了一番，谁知道第二天一大早，德普禅师就真的去世了。像这种先祭后死的方式虽然很奇怪，却也不失幽默！

宋朝另一位性空禅师坐水而死的事，也很有传奇性。当时有贼人徐明叛乱，使生灵涂炭，杀伐甚惨。性空禅师十分不忍，明知在劫难逃，还是冒死往见徐明，他想感化他，就在吃饭的时候作了一首偈自祭："劫数既遭离乱，我是快活烈汉，如何正好乘时，请便一刀两段。"因此感化盗贼，解救大众于灾难。后来禅师年纪大了，就当众宣布要坐在水盆中逐波而化，人坐在盆中，盆底留下一个洞，口中吹着横笛，在悠扬的笛声中，随波逐流而水化，成就了一段佛门佳话。他留下一首诗说："坐脱立亡，不若水葬：一省柴火，二省开圹。撒手便行，不妨快畅；谁是知音？船子和尚。"原来过去有一位船子和尚也喜欢这种水葬方式，性空禅师因此特意又作了一首曲子来歌颂："船子当年返故乡，没踪迹处好商量；真风遍寄知音者，铁笛横吹作教坊。"性空禅师和船子和尚这种吹笛水葬的死法，不是也很诗情画意吗？

很多禅师们死的姿态千奇百怪：丹霞天然禅师策杖而死。惠祥法师是手捧着佛经跪化的。良价禅师来去自如，要延长七日就延长七日而死。遇安禅师自入棺木三日犹能死而复活。古灵神赞禅师对弟子说："你们知不知道什么叫作'无声三昧'？"弟子们答不知道。神赞禅师把嘴巴紧紧一闭就死了。而庞蕴居士一家四口的死法尤其各有千秋：先是女儿灵照抢先坐在父亲的宝座上化逝，庞公只好卧着死；儿子在田里锄地，一听父亲去世了，就丢下锄头立化；庞夫人见他们个个都去了，也拨开石头缝隙，随口留下一偈而去："坐卧立化未为奇，不及庞婆撒手当；双手拔开无缝石，不留踪迹与人知！"

这些禅师、居士在人生的最后时刻，轻松潇洒，又幽默自由，是快活自在的，是诗情画意的；他们用各式各样舒舒服服的姿态通过死亡之门，站着、坐着、躺卧着、倒立着、跪化着、说偈着……他们由于具有勘破生死的智慧，才能这样了无挂碍地撒手而去。

我们常常在为人生诸事做准备：为黑夜来临而准备手电筒，为下雨天准备遮伞，为远行准备口粮，为季节准备换装……而现在，我们也应该趁着时间还早，趁着自己身体精神都还健康的时候，为人生的最后时刻做点准备，为未来的归宿铺下坦途。我们不但要对现世的生活怀抱无限希望，而且对于死后的生命更要建立高昂的信心——生有所自，死有所为，法身久长，慧命无量；我们要相信生命是永恒不灭的！